LOUIS BOUILHET

ÉTIENNE FRÈRE

LOUIS BOUILHET

SON MILIEU — SES HÉRÉDITÉS
L'AMITIÉ DE FLAUBERT

D'APRÈS DES DOCUMENTS INÉDITS

*Ouvrage couronné au Concours
du Prix Fouché (1907)*

PARIS

SOCIÉTÉ FRANÇAISE D'IMPRIMERIE ET DE LIBRAIRIE

(ANCIENNE LIBRAIRIE LECÈNE, OUDIN ET Cie)

15, rue de Cluny, 15

1908

INTRODUCTION

Le hasard, sous les traits d'une aimable amie de la famille *Bouilhet*, vient de mettre à ma disposition des feuillets, jaunis par le temps, où se mêlent l'écriture du poète *Louis Bouilhet*, celle de son père, de sa mère, de ses sœurs.

Ce sont des extraits généalogiques, des cadeaux de fête alertement versifiés, une affectueuse correspondance entre la mère et le fils, de petits carnets de percale où se blottissent les premières violettes poétiques, tous les vieux papiers qui, dans les vieilles maisons, vivent ignorés au fond des tiroirs, et où les jeunes mains qui les touchent sentent encore chaude la cendre des aïeux.

Sur ces reliques de famille j'ai jeté un regard ému, et il ne m'a pas paru faire œuvre stérile chaque fois que j'ai pu recueillir, sans être indiscret, des souvenirs nous faisant mieux connaître un homme qui a grandement honoré son berceau normand et les lettres françaises.

On a justement pensé que, pour bien comprendre quelqu'un, il fallait le situer dans sa race, renouer le fil de ses atavismes, reconstruire sur lui la maison natale en y ranimant les voix familières, — et j'avais la bonne fortune d'assister à la formation intellectuelle de *Louis Bouilhet* au sein des influences héréditaires et des ambiances familiales.

Je finissais de dépouiller les papiers de *Cany*, lorsque, un an plus tard, un voyage à *Amiens* me mettait en face des deux êtres qui pouvaient jeter la plus vive lumière sur la personnalité intime du poète : j'ai nommé *Léonie*, sa vieille amie, et *Philippe*, son fils adoptif.

Dans une petite maison écartée du bruit, les voici tous deux : elle, fluette et discrète personne, habituée à s'effacer dans les soins du ménage, éteinte un peu, très peu, par ses quatre-vingts ans ; lui, grand et mince, front busqué sous l'abondance des cheveux d'un blanc cendré qui ne parviennent pas à vieillir une physionomie ouverte et mobile ; causeur jovial, primesautier, il remonte d'un pas allègre les chemins du passé et marque

d'une pause, larme furtive, certains tour-
nants.

Et voici près d'eux les chères reliques,
l'humble mobilier d'acajou du poète, ses
livres favoris, *Lucrèce, Virgile, Horace.*
Voici les ouvrages reliés du grand-père
Hourcastremé et, sur des miniatures un
peu gauches mais sincères, *Louis* au berceau près d'*Hourcastremé* en perruque.

J'ai causé longuement avec *Philippe* :
les manuscrits de son père adoptif, résidu
inédit du triage opéré par les exécuteurs
testamentaires avant la publication des
Dernières Chansons, ne sont plus à *Amiens,*
mais lui, *Philippe,* est un manuscrit
vivant qui se laisse lire aimablement. Je
l'apprends avec un vif regret : *Flaubert* a
détruit les lettres que lui écrivit *Bouilhet.*

— C'est un précieux filon d'histoire disparu.

Léonie, si on l'interroge, ne soulève qu'à demi le voile du passé ; elle aime à rester dans son ombre. L'espoir était permis de découvrir ici un pendant aux lettres de *Flaubert* à *Louise Colet*, mais *Bouilhet* et *Léonie* ayant presque constamment vécu ensemble, ils eurent peu d'occasions de s'écrire.

Après l'inventaire des archives de *Cany*, la rencontre de *Philippe* et de *Léonie*, j'ai cru posséder une documentation assez étendue pour la mettre en œuvre.

Oserais-je espérer n'être pas tombé dans des redites ? Je n'avais pas à apprécier les mérites littéraires du poète. Après la célèbre préface de *Flaubert* et les

souvenirs littéraires de *Maxime du Camp*,
M. *Join-Lambert*, M. *Angot*, M. *de la Ville
de Mirmont*, l'ont fait avec une pénétration,
une autorité remarquables. Au contraire,
en ce qui concerne les hérédités du poète,
Flaubert est très bref, parfois inexact.
Quant à la biographie de *Bouilhet*, peut-
être n'a-t-elle jamais été écrite sans lacune
ou sans erreur. C'est donc plutôt de
ce côté que j'ai dirigé mes recherches
dont les travaux que je viens de citer avaient étroitement circonscrit le
champ.

Je sais bien qu'il est aujourd'hui de
mode, dans une jeune littérature qui acca-
pare jalousement pour elle-même l'attention des contemporains, d'ignorer ou de
dénigrer *Louis Bouilhet*. Même les hommes

comme celui-là ont une cote variable à
la bourse de la renommée qu'envahissent
chaque jour en plus grand nombre les
courtiers de la réclame. La tombe du
poète était à peine refermée que *Barbey
d'Aurevilly* — un compatriote normand
pourtant — portait sur lui ce jugement
impertinent : « M. *Bouilhet*, qui vient de
mourir, va occuper l'attention cette se-
maine, mais je ne crois pas que le bruit
lui donne plus de ses huit jours, comme
aux domestiques qu'on renvoie. Après
cette huitaine, et malgré le drame reçu à
l'Odéon (*Mademoiselle Aïssé*), pour lequel
on va faire une fameuse réclame de la mort
prématurée de l'auteur, et qu'on exécutera
comme une messe de *Requiem* à grand
orchestre, ce pauvre *Bouilhet* sera défini-

tivement renvoyé à l'oubli. » — *Sainte-Beuve* était au moins poli, mais il feignait d'ignorer l'auteur de *Maelenis* ou le nommait à peine. Seuls, *Paul de Saint-Victor* et *Théophile Gautier,* parmi les critiques, surent rendre justice — et justice éclatante — à *Bouilhet*.

Par ailleurs, ce poète philosophe resté provincial à *Paris* n'a rien fait qui puisse frapper l'imagination des foules. Toutes proportions gardées, il n'a pas joué un rôle politique comme *Hugo* ou *Lamartine*; il n'a pas écrit, ainsi que *Musset*, la confession retentissante d'une existence voluptueuse. Dans sa tour d'ivoire quelques intimes seuls étaient conviés : « Jamais, rappelle M. *Angot,* il n'eut d'autre ambition que celle de son art. Peu soucieux de ses intérêts, aussi mauvais calculateur que possible, avant tout il fut artiste et voulut vivre comme tel. » *Bouilhet* n'écrivait que pour les connaisseurs, et ceux-là seulement lui conservent le rang auquel il a droit.

Déjà, en 1888, dans une thèse de doctorat, un jeune professeur de l'Université, M. *de la Ville de Mirmont*, écrivait : « On se propose dans ces pages de venger l'œuvre de *Bouilhet* des dédains et des calomnies qui l'accablent ; de montrer qu'il a été en son temps un poète savant et original, et même un précurseur et un inspirateur de la poésie actuelle. »

Depuis, la plus injuste indifférence a recommencé son œuvre, et ce n'est point sans mélancolie que nous relisons ces vers de *la Dernière Nuit*, tant ils semblent prophétiques :

> Pareil au flux d'une mer inféconde,
> Sur mon cadavre au sépulcre endormi
> Je sens déjà monter l'oubli du monde
> Qui tout vivant m'a couvert à demi.
>
> (*Dernières Chansons.*)

Le poète lyrique porte la peine de son théâtre, franchement démodé. Il est peu d'espoir qu'*Hélène Peyron* ou *la Conjuration d'Amboise*, malgré tant de vers artistement ciselés, retrouvent un jour la vogue des scènes où fréquentent les Parisiens. Admettons avec *Maupassant* que le consciencieux *Bouilhet* fût d'allure trop *provinciale* pour leur plaire longtemps. Le public est plus que jamais impatient et railleur. Au spectacle, il n'aime — peut-on le lui reprocher sévèrement ? - que l'esprit et l'action. Il supporte malaisément la tirade, surtout quand elle est en vers ; réfléchir l'ennuie, et il n'accepte de s'ennuyer que si la pièce est exotique. Puis, les traits de romantisme qui prêtaient autrefois leur nouveauté à *Madame de Montarcy* feraient aujourd'hui sa vieillesse.

Mais il nous reste — sans compter *Maelenis*, où tant d'érudition historique se cache sous un art non moins savant, l'auteur du *Poète aux étoiles*, *A une femme*, etc., surtout un très grand poète philosophique, celui des *Fossiles* et de *la Colombe*.

On a plaidé longtemps un procès stérile sur le point de savoir si *Bouilhet* avait imité, dans quelle mesure et de quel droit,

Hugo, Musset ou *Lamartine*. Ainsi *Sainte-Beuve* reprochait-il à *Maelenis* « de ramasser les bouts de cigare d'*Alfred de Musset* », et l'aimable *Barbey d'Aurevilly* écrivait : « De tousles poètes dont Bouilhet a fait la voix, et quelquefois à s'y méprendre, c'est Victor Hugo qu'il a le mieux ventriloqué. »

Mais, pour répondre à la critique, écartons son théâtre; dans son œuvre lyrique, élevons-nous d'un degré au-dessus de *Maelenis*. Sur les sommets auxquels atteignent *la Colombe*, *l'Abbaye* ou surtout *les Fossiles*, je cherche en vain quelle œuvre *Bouilhet* aurait pastichée. Ici, il traite avec *Hugo* d'égal à égal, de souverain à souverain, chacun étant maître et indépendant dans son royaume.

Il ne peut même plus être question d'une querelle prosodique sur les rimes triplées de *Maelenis* à l'imitation de *Namouna*. Ces poèmes sont écrits en sobres alexandrins de rimes conjuguées.

Bien loin d'être un servile imitateur, *Bouilhet* apparaît, au contraire, dans les envols audacieux de sa pensée philosophique, comme un précurseur qui trace la voie de *Sully Prudhomme*.

Malheureusement la gravité du sujet est cause que les admirables vers des *Fossiles* sont peut-être les moins connus de son œuvre, lorsqu'à notre humble appréciation, la puissante originalité du poète est faite de la musique de ces récits mêlés d'histoire et de science.

Et que dire de *la Colombe*, ce crépuscule des dieux dont la beauté sacrilège fait oublier les blasphèmes ?... Ce jour-là, l'esprit créateur que symbolise une colombe est véritablement descendu sur le poète et l'a transfiguré. Si le culte du beau doit avoir un sort meilleur que tous les cultes dont *Bouilhet* mesure la course passagère, on peut promettre l'immortalité à celui qui modela ces vers lapidaires :

Quand, chassés sans retour des temples vénéra-
[bles,
Tordus au vent de feu qui soufflait du Thabor,
Les grands Olympiens étaient si misérables
Que les petits enfants tiraient leur barbe d'or;

Durant ces jours d'angoisse où la terre étonnée
Portait comme un fardeau l'écroulement des
[cieux,

Un seul homme, debout contre la destinée,
Osa, dans leur détresse, avoir pitié des dieux.

C'était un large front, un empereur, un sage,
Assez haut sur son trône et sur sa volonté
Pour arrêter du doigt tout un siècle au passage
Et donner son mot d'ordre à la divinité.

. . . .

Tu souriais, ô Christ, dans ton paradis bleu ;
Tes chérubins chantaient sur des harpes d'ivoire ;
Tes anges secouaient leurs six ailes de feu,

Et du morne Empyrée insultant la détresse,
Comme au bord d'un grand lac aux flots étin-
[celants,
Dans le lait lumineux perdu par la déesse
Tes martyrs couronnés lavaient leurs pieds san-
[glants.

Mais tu ne savais pas le mot des destinées,
O toi qui triomphais près de l'Olympe mort ;
Vois : c'est le même gouffre .. avant deux mille
[années
Ton ciel y descendra, sans le combler encor !

Ayant relu cette pièce, une chose m'é-
tonne, c'est que dans un temps où on ne
les oublie guère, *le blasphémateur* lui-même
paraisse avoir été oublié. *Bouilhet* devrait
être porté par le mouvement des idées,
par la fortune croissante de l'athéisme
positiviste, par l'agitation du flot qui
bat le vaisseau mystique des cathédrales.

Il est étrange que la jeunesse contem-
poraine, sinon les cohortes qui se fleuris-
sent d'églantines ou d'immortelles et dont
le zèle va jusqu'à exhumer un *Dolet*, du
moins celle qui préfère l'olivier de Mi-
nerve aux roses du vitrail gothique, ne
revendique pas comme son mage favori
l'auteur de *la Colombe* et de *l'Abbaye*, le
poète de *Julien l'Apostat*, défenseur indé-
fectible de la Beauté olympienne, qui

rêvait d'une contre-partie des *Martyrs*, mourut en scénariant l'Inquisition, et sur la tombe duquel *Veuillot* frémissant déchaîna sa colère.

Pour nous, celui qui nous intéresse davantage dans ces œuvres, ce n'est pas le philosophe, mais le poète, — et il est très grand.

Que de regrets doit nous causer sa mort prématurée ! « Ceux qu'il avait initiés à ses plans, écrit *Flaubert*, qui profitèrent de ses conseils, qui enfin connaissaient toute la puissance de son esprit, peuvent seuls se figurer à quelle hauteur il serait parvenu. »

Puis, les amis des lettres Normandes lui ont d'autres motifs de reconnaissance. Ils se souviennent que *Flaubert, Boui-*

lhet et *Maupassant* ont formé une vraie famille intellectuelle. Selon le mot d'un analyste pénétrant, *Arthur Join-Lambert*, *Bouilhet* a été la *conscience littéraire* de *Flaubert*, et il fut le professeur de *Maupassant*.

« Les revirements de la célébrité sont nombreux, écrit encore *Flaubert*. Il y a des chutes sans retour, de longues éclipses et des réapparitions soudaines. »

Ne serait-ce point faire œuvre juste et nécessaire que de hâter une *réapparition* ? Si ces pages pouvaient rappeler sur *Bouilhet* l'attention de quelques-uns parmi ceux qui oublient de l'admirer comme l'admirait le maître que je viens de citer, je m'estimerais assez justifié de les avoir écrites.

Pénétrer dans l'intimité du penseur ;
retrouver l'homme sous le poète, et sous
l'homme l'adolescent ; expliquer par les
traditions familiales et les influences héréditaires, sinon son talent, — ce qui serait
beaucoup dire, — du moins ses goûts, ses
tendances, plus d'un trait de sa vie et
de son caractère ; ébaucher une biographie psychologique de *Bouilhet* où, sous
chaque relief, on aperçoive le doigt du
modeleur : voilà ce que j'aurais voulu
faire. Pour revivre la pensée d'un grand
artiste, on doit d'abord repenser sa
vie.

Flaubert m'avait indiqué la voie à
suivre quand il écrivait à *Louise Colet* :
« C'est un devoir pour la critique de
tenir exactement compte du milieu et

des contingences pour expliquer ratio-
nellement les œuvres d'un auteur. »

Mais la tâche était de longue haleine.
Si elle reste incomplète, d'autres l'achè-
veront.

VIE INTIME

Louis Bouilhet naquit à *Cany*, le 27 mai 1822. Son grand-père et sa mère furent ses premiers professeurs.

De bonne heure on songea à perfectionner l'instruction de l'enfant, mais la question pécuniaire était un gros souci. Heureusement, le grand-père avait conservé de précieuses relations dans les environs du *Havre*, et M. *Jourdain*, maître de pension à *Ingouville*, accepta de recevoir son petit-fils à des conditions très modérées. Il fit chez M. *Jourdain* ses premières classes et le suivit à *Rouen* quand celui-ci transporta son établisse-

3*

ment dans cette ville, afin de procurer à ses élèves les cours du lycée.

Louis Bouilhet avait alors douze ans. C'était un adolescent appliqué, studieux et bien équilibré. Il eut pour professeurs au lycée *Magnier* et *Chéruel*, comme camarades *Gustave Flaubert, Le Poitevin,* *d'Osmoy.* Quand il obtint le prix d'honneur en rhétorique, ce fut un beau jour pour la famille de *Cany*, et le diplôme, soigneusement encadré, eut sa place dans la salle à manger, au-dessus de la cheminée.

Je retrouve une lettre, datée de 1838, où *Louis* nous donne quelques détails sur son existence chez M. *Jourdain.* — Déjà il prélude à ses premiers essais poétiques et il étourdit de rimes sa seizième année.

« *Rouen*, 5 juillet 1838.

« MA CHÈRE MAMAN,

« Le dernier paquet que j'ai reçu de
« toi m'a fait bien plaisir...

« Nous avons offert à M. *Jourdain*, le
« jour de sa fête, une tabatière en argent
« et deux lampes. Je lui ai décoché
« quelques vers à bout portant, et je te
« les montrerai aux vacances, si j'y pense
« encore.

« Je me trouve très bien chez M. *Jour-*
« *dain* et, qui plus est, j'ai un ami,
« ce qui ne m'était pas encore arrivé. Je
« me suis pris d'affection pour P... C'est,
« vois-tu, une amitié toute poétique, car
« il m'a pris par mon faible, P... ; il m'a
« demandé de lui lire mes vers !—Pauvre

« jeune homme ! Il ne prévoyait guère ce
« que lui coûterait une telle demande. Il
« est devenu mon souffre-douleur. En
« veux-tu, en voilà... Je vous envoie une
« pièce de vers, « *L'Orphelin* », qui est, à
« mon avis, mon chef-d'œuvre. Celui-là,
« n'allez pas le siffler ! D'ailleurs, je vous
« gratifierais d'une nouvelle poésie dans
« le premier paquet. Ainsi, soit que la
« crainte ou l'admiration vous y engage,
« approuvez !

« Mais j'entends déjà ma mère qui dit :
« Le singulier auteur qui commande l'ad-
« miration de ses lecteurs ! » — A quoi le
« poète répond qu'il n'est pas auteur,
« qu'il sert les Muses en qualité de volon-
« taire, et mille autres raisons qui ne
« laisseraient pas de le justifier...

« Adieu ! ma chère maman. Je t'em-
« brasse de tout mon cœur, ainsi que
« toute la famille que j'ai grand'hâte de
« revoir. On parle du 18 août pour don-
« ner les prix... comme un poète doit
« toujours espérer, j'espère ! »

A ce badinage d'écolier était joint
L'Orphelin. — Un chef-d'œuvre ? — Il le
fut sans doute pendant quelques heures
pour la tendresse maternelle et l'admiration d'une famille complaisante. C'est un
de ces *éphémères* qui ne vivent qu'un jour
dans une tache d'ombre, et qu'un rayon
de soleil volatiliserait.

Louis termina ses études comme pen-
sionnaire chez M. *Lévy*. C'était un élève
si brillant que tous les établissements
d'enseignement se le disputaient comme

réclame. M. *Lévy* lui offrait gratuitement
gîte et couvert. Mme *Bouilhet*, par dignité,
tint à payer au moins une demi-pen-
sion.

« Son baccalauréat passé, écrit *Flaubert*,
on lui dit de choisir une profession. Il se
décida pour la médecine et, abandon-
nant à sa mère son mince revenu, se mit
à donner des leçons. — Alors commença
une existence triplement occupée par ses
besognes de poète, de répétiteur et de carabin. Elle fut pénible tout à fait lorsque,
deux ans plus tard, interne à l'Hôtel-Dieu
de *Rouen*, il entra, sous les ordres de mon
père, dans le service de chirurgie. Comme
ses répétitions le tenaient éloigné de l'hôpital pendant le jour, ses tours de garde
la nuit revenaient plus souvent que ceux

des autres ; il s'en chargeait volontiers,
n'ayant que ces heures-là pour écrire. »

Ses lettres à sa mère, jusqu'alors res-
tées inédites, sont un précieux témoignage de la vaillance dont *Louis* fit
preuve à cette époque. Il n'est pas de
meilleur moyen, pour pénétrer dans l'intimité d'un homme, que de recueillir
— si le bon goût l'autorise — les confidences tombées dans l'oreille d'une mère
ou d'un ami.

De ces lettres, malheureusement, il est
passé sous nos yeux une collection incomplète ; j'ignore si les autres exemplaires
ont été détruits.

Ecrites avec humour et tendresse, elles
témoignent d'un très vif sentiment de la
famille. On est surtout frappé de voir se

dessiner avec précocité et netteté la vocation poétique de *Bouilhet*.

La Muse s'est éprise de cet adolescent
« d'une beauté apollonienne », nous dit
Flaubert ; elle le lutine sans cesse ; il la
repousse. — Comme une amoureuse fervente, elle ne se décourage pas. — *Louis*
ferme les yeux pour ne pas la voir, s'en-
fonce le col dans ses livres de médecine.
— Peine inutile ! des vers dansent sur les
planches d'anatomie et jusque sur les
ordonnances ; cérat répond à sparadrap,
borax s'accouple avec anthrax... Quelle
tentation d'assujettir à la métrique la ter-
minologie sonore du codex ! Il ébarbe sa
plume... Il y avait une rime au bout. —
Puis des arbres poussent dans la cour de
l'Hôtel-Dieu, des rayons s'y posent, des

ailes y palpitent... Sous leurs rameaux, l'humanité malade grelotte en houppelande. Mais le poète ne la voit plus... il est ailleurs, au bras de la Muse, sur les rives de la *Seine* ou dans les bois de *Canteleu*. — La déesse murmure l'amour de *Maelenis* aux oreilles de *Paulus*... Lui, résiste encore, invoque sa pauvreté, ses devoirs de fils aîné, son examen tout proche... Elle, se fait plus caressante, lui ouvre les bras, et chacun de ses baisers, s'il enivre le poète, fait défaillir le médecin.

Une de ces lettres nous transporte en 1841. *Bouilhet* se prépare à l'examen d'externe des hôpitaux. Le jeune homme est séparé des siens, dans la grande ville à demi déserte, au cœur de l'été ; la mélancolie l'envahit... Son imagination vagabonde au pays natal dont il va bientôt fouler le sol rafraîchi par la brise de *Veulettes*.

« *Rouen*, 20 août 1841.

« Ta lettre était bien courte, ma pauvre
« maman ; néanmoins elle m'a fait grand
« plaisir. Un mot de ce qu'on aime vous
« corrobore...

« Tu me recommandes la gaîté ! Ce
« serait pour moi tâche assez difficile !
« je n'ai pour le quart d'heure que de la
« résignation, et si je *blague* un peu dans
« ma missive, c'est que la peine poussée
« à l'excès vous donne une sorte de joie
« convulsive, et, *vice versa*, il arrive que
« l'on pleure à force de rire !

« L'époque de mon départ étant subor-
« donnée à celle de notre examen, ce sera
« pour la fin du mois. Je demande à tout
« le monde le jour précis, mais les profes-
« seurs ne l'ont pas encore décidé dans
« leur sapience ; ces Messieurs ne vont
« pas en congé ! — Du reste, moi qui, en
« ma qualité de *Français*, suis né malin,
« comme me l'assure *Boileau*, j'ai vu
« l'anguille sous roche ! Et j'augure, à
« part moi, que tous ces retards sont un
« subterfuge pour retenir les élèves quel-
« que temps de plus à leurs pansements...

« Il ne faut compter ici-bas que sur les
« contre-temps ! Le meilleur moyen d'être
« heureux sur la terre, c'est d'avoir pour
« le lendemain quelque malheur en pers-
« pective ; comme cela, si on est trompé,

« on l'est toujours agréablement ! (Exem-
« ple tiré de *la Morale en actions.*)

« Je me complais à citer ce trait, parce
« que, tout dernièrement encore, par une
« belle matinée du mois d'août, me sou-
« venant d'avoir été trempé la veille, j'ai
« eu bien soin de prendre un parapluie ;
« seulement, à mon retour, comme le so-
« leil versait sur moi des torrents d'ironie,
« comme il y avait du monde sur les
« portes et que maisons, gouttières, fe-
« nêtres, lucarnes, semblaient pouffer de
« rire en me voyant passer, mon *riflard*
« se dissimulait tout honteux dans les plis
« amples de ma redingote, et j'aurais
« donné au moins 1 fr. 35 (je n'avais pas
« plus en poche) pour le faire rentrer dans
« ma personne.

« C'est que moi, je ne suis pas encore
« entièrement philosophe :

En grandissant, cela pourra venir !
En attendant, j'ai toujours l'avantage
De vous prouver... que je sais en finir

« *P.-S.* — Non, je n'ai pas fini. Est-ce
« qu'on finit jamais avec sa mère ?
« Ecoute bien. Le 24 au soir, si tu n'as pas
« trop envie de dormir, tourne la tête du
« côté de *Rouen* et dis-toi avec un juste
« orgueil : « Là-bas, j'ai un fils en gilet
« blanc, habit noir et gants serin, qui
« brille comme un morceau de nacre. Re-
« garde-le, ce pauvre garçon, condamné
« au bal forcé, à perpétuité d'une nuit !
« Contemple-le avec les yeux de la pen-
« sée, épanouissant toutes ses grâces

4*

« et toutes ses facultés physiques, étendant
« avec onction ce que le ciel lui a donné
« de mollet et le ramenant sous lui-même
« d'une façon gaillarde et gentille! Ecoute-
« le, heureuse mère, écoute-le devisant
« avec finesse et galanterie sur la pluie
« et le beau temps, s'extasiant sur la cou-
« leur brune, rouge ou noire, suivant que
« les cheveux de sa danseuse tirent
« sur l'une de ces trois nuances! Enfin
« sautant à mort ! aimable à en suer !
« heureux d'être à ce bal, ne pouvant être
« dans son lit ! en un mot comme en
« sept pestant le plus joliment du
« monde. »

Août s'écoule, torride ; *Bouilhet* pioche
ferme son examen. Ne perdant jamais

le mot pour rire, il termine ainsi une de ses missives :

« Fait et donné en notre chambre, après
« avoir été voté à l'unanimité. Car dans
« mon petit royaume j'ai sur notre digne
« monarque deux avantages bien mar-
« qués : d'abord je vois les choses d'un
« point de vue plus élevé que lui (5ᵉ
« étage) ; ensuite, n'ayant que moi seul à
« gouverner, il m'arrive 365 fois par an
« d'être de l'avis de mon peuple.

« On ne dort pas quand on a tant d'es-
« prit et qu'il est onze heures et demie.

« Bonsoir donc ! »

Enfin, le grand jour arrive. *Bouilhet* est reçu externe des hôpitaux et commence son apprentissage :

« Je me porte on ne peut mieux et je
« suis content d'avoir bien passé cette
« épreuve, car je craignais que l'état de
« médecin ne soit trop pénible pour moi,
« surtout quand il faudrait me relever la
« nuit. Eh bien, pas du tout. Aussitôt
« sonné, aussitôt levé, sans malaise, sans
« contrariété, et gaillard le lendemain
« comme un homme qui a dormi ses
« douze heures ! — Aussi, j'ai eu l'avan-
« tage de faire vingt et un accouchements
« — et encore j'en ai manqué quelques-
« uns qui se sont faits pendant que j'étais
« chez M. *Lévy*. Mais enfin tu vois que
« je ne suis plus novice dans cette partie.
« C'est un grand avantage pour moi quand
« je voudrai plus tard concourir pour
« l'internat. »

Cette existence ne laisse pas d'avoir ses
exigences et, pendant une courte vacance,
le 9 mars 1842, il rime en ces termes le
commencement d'une de ses lettres :

Enfin me revoilà *Bouilhet* comme devant !
Simple mortel, buvant, mangeant, trottant, rêvant
Et dormant : c'est ici le plus beau de l'affaire !
Car les honneurs, vois-tu, ne laissent dormir
[guère !
Je dors donc tout mon saoûl sans craindre à
[tout moment
De m'entendre sonner pour quelque accouche-
[ment,
De repasser dix fois bas, culotte, savate,
Pour un billet de mort qu'il faut signer en hâte,
Pour quelque patient qui vient, triste perclus,
Avec un bras de moins ou deux bosses de plus !
Je dors, j'aime à le dire, et bien mieux à le faire,
De neuf à dix ! Voilà de quoi vivre, j'espère !

Car il écrit plus facilement en vers

qu'en prose, d'abondance. sans faire la
moindre toilette à sa plume. La phrase,
sur le champ de sa vision, apparaît naturellement cadencée, et les rimes en
essaim bourdonnent à ses oreilles.

Dans la lettre suivante, Louis fait un
remplacement comme interne des hôpitaux : bourse toujours plate, existence
précaire — mais l'étudiant accepte son
sort avec bonne humeur, et il aime à
reporter sa pensée au pays cauchois, sur
sa petite sœur *Esther* qui venait de commettre ses premiers vers. — Décidément
la Muse était une familière de la maison !

Rouen, 26 avril 1842.

« Dans ta dernière lettre, j'ai lu avec
« admiration — c'est le mot — les vers

« de mon *Esther*. Ne lui en parle pas, de
« peur de la rendre orgueilleuse, mais ils
« sont surprenants pour son âge... A
« douze ans, moi, je ne pensais pas encore.
« La petite coquine me met derrière elle.
« Je lui répondrai sur le même style, si la
« médecine me laisse quelques loisirs.

   « Je suis toujours interne à l'Hôtel-Dieu
« jusqu'à nouvel ordre, toujours affairé,
« dormant peu et mangeant beaucoup...

   « Je ne sais trop pourquoi tu me crois
« un riche monsieur pour le quart d'heure.
« Je suis dans une honorable aisance,
« voilà tout ! Car je n'ai pas reçu d'argent
« depuis mon arrivée ici. Ce qui n'est pas
« venu viendra. Voilà ce qui me fait sup-
« porter la vie avec assez de philosophie
« pour un poète.

« Une foule de compliments et de bai-
« sers à toute la famille, et adieu jusqu'au
« prochain paquet.

« L. B.

« *P.-S.* — *Consultation:*

  « Cérat soufré,

  « Pastilles soufrées,

  « Tisane amère.

« Si le mal persiste toutefois. »

Ceci est la seule consultation que nous
possédions de *Louis Bouilhet*. N'est-il pas
touchant qu'elle ait été donnée à sa
mère ?

Un jour, sur le mode espiègle qui lui
était familier, il compose cette fantaisie :
l'Ode à ma sœur, qu'il glisse dans le courrier
de *Cany*. Elle est dédiée à *Sidonie Bouilhet*.

Ecrite au courant de la plume, sa versifi-
cation, assez faible, choquera peut-être le
censeur... Mais un portrait qui veut être
vrai ne craint pas de découvrir dans le
regard de son modèle l'abandon souriant
des intimités familiales. Si nul n'est grand
homme pour son valet de chambre, nul
n'est sans répit grand poète pour son biographe.

Ode à ma sœur.

Pour nous deux, ma sœur,
Quel bonheur !
Quelle douce jouissance !
Quand un jour, logés
Et chauffés
Aux frais de l'humaine engeance,
Nous irons,
Lurons,

Saignant
Et purgeant
La France !

Tu seras la sœur
D'un docteur.
Toi, tu tiendras la cuvette
Tandis que mes mains
Aux humains
Prépareront la lancette...
De mes jours
Toujours
Là-bas
Tu seras
La fête.

Oh ! pour l'avenir,
A loisir,
Libre à toi d'être malade.
Consultations,
Frictions,
Toujours monteront la garde !
Potions,
Bouillons,

Là-bas,
Tu boiras
Rasade !

Je te droguerai
A ton gré,
Et tu pourras sans dépense
Prendre avec amour,
Chaque jour,
Sirops selon l'ordonnance.
Au destin
Ton teint

Dira :
Frère est là !
Silence !

Le matin, le soir,
Pour pouvoir
Glaner au loin plaie et bosse,
J'aurai, s'il vous plaît,
Mon laquais
Et ma voiture et ma rosse.
Nous irons,
Courrons,

Rirons,
Roulerons
Carrosse !

Chassés sans repos,
Tous tes maux
Bientôt quitteront la place,
Et dans mon coucou
Charmant, où
Chaque jour je me prélasse,
On dira :
Voilà
La sœur
Du docteur
Qui passe.

La vision de ce jour béni où le Dr *Bouilhet* roulera carrosse dans le cabriolet classique du médecin rural est encore loin-
taine. En l'attendant, il faut vivre, et la
poésie, qui va sans voiles, ne file pas la
laine pour ses amants. — Une lettre du

19 juin 1842 nous donne des détails sug-
gestifs sur ce budget de carabin pauvre :

« Ma chère maman,

Je t'écris, comme c'est convenu, du
« fond de ma détresse, car je doute qu'il
« y ait sur la terre un individu plus gueux
« que moi pour le moment. On a fort bien
« dit :

> Quand on n'a plus d'espoir,
> On découd sa chemise et l'on taille un mouchoir ;

« mais c'est que je n'ai plus une chemise
« propre à me mettre sur le dos. J'attends
« donc ton envoi avec impatience, d'au-
« tant plus que je n'ai plus de pantalons
« mettables : ma position, tu le vois, est
« des plus critiques.

5*

« Pour l'affaire du paletot, il y en a de
« tous les prix, mais pour en avoir un
« propre, avec lequel on puisse sortir, il
« faut quinze francs. Au-dessous, mar-
« chandise, couleur, confection, tout est
« pitoyable. En outre, j'aurais besoin d'un
« peu d'argent pour moi (ce n'est qu'une
« avance, bien entendu, puisque je serai
« payé bientôt).

« Je suis toujours interne, et pour long-
« temps probablement ; mon nouveau
« genre d'existence ne m'ennuie pas
« encore. — Je vais de l'hospice chez
« M. *Lévy* et de M. *Lévy* à l'Hôtel-Dieu.
« — C'est un cercle éternel, comme le
« serpent qui se mord la queue.

« Je n'oublierai pas que c'est dimanche
« prochain que ma petite sœur *Esther* fait

« sa première communion, et il était inu-
« tile de me rappeler d'aller à la messe
« ce jour-là. Tout ce qui l'intéresse me
« touche trop pour me laisser indifférent.
« Tu l'embrasseras pour moi, ainsi que
« l'aimable *Sidonie*. Je penserai à vous
« toute la journée, ainsi que je le fais tous
« les soirs...

« Quelle immense lettre je t'écrirai
« pour te dédommager de ce mauvais
« lambeau d'épître! Espère, va ! et dis à
« *Sidonie* que je veux une longue lettre et
« quelques mots d'*Esther*. C'est ma conso-
« lation à moi. Ma foi, on finirait par
« oublier qu'on a les deux plus char-
« mantes sœurs qu'il soit dans les choses
« possibles de posséder. »

Parmi ses nombreuses occupations,

Bouilhet donnait des répétitions à la
pension *Deshayes* (qui devint ensuite
l'établissement *Marc-Guernet*). En **1844**,
M. *Deshayes* demanda à l'ancien prix
d'honneur du lycée de présider la distri-
bution des prix. — 'J'ai recueilli ces trois
pages de prose. Je ne puis commettre de
trahison en les reproduisant, puisqu'elles
ont été lues en public. Soigneusement
retenues par une faveur verte, elles portent
comme en-tête : « Discours des prix prononcé à *Rouen* le 12 août 1844 pour l'inau-
guration du pensionnat de M. *Deshayes*. »
— Quand on les a lues, on comprend que
Bouilhet se soit attiré quelquefois le
reproche, si grand écrivain qu'il ait été,
« d'une certaine pompe de convention »
— le mot est de *Maupassant*.

Ici, d'ailleurs, il est bien excusable pour rehausser l'éclat d'une cérémonie qu'on veut en France très *solennelle*, puisqu'on a soin de le promettre sur le palmarès. Une phrase un peu ampoulée s'harmonisait mieux aux couleurs vives des drapeaux, des écussons, des lauriers dorés et aux emportements du pianiste. Puis un président de vingt-deux ans peut bien s'enivrer de sa propre éloquence !

Ce discours s'ouvre sur un tableau des bienfaits que nous devons à la société :

« Jeunes élèves, du sein de vos paisibles
« études, comme d'un port à l'abri des
« tempêtes, écoutez, écoutez de loin ce
« grand bruit que fait le monde ; jetez un
« instant vos regards étonnés sur ce spec-
« tacle magnifique de l'activité humaine !

« Là, tout marche et tout travaille. Là,
« tout se presse et s'évertue ; la sueur
« tombe de tous les fronts. Dans cette
« œuvre immense chacun a son but,
« chaque homme a sa tâche. Qu'impor-
« tent la naissance et la fortune !

« On ne paye point sa dette avec l'or.
« La société ne veut point de ran-
« çon !

« Ici, le commerce, unissant tous les
« peuples, mêle sa voix sonore aux mille
« bruits de l'industrie ! Là, la science
« épelle ses mystères, l'art étale ses pro-
« diges, et l'éloquence du tribun qui parle
« de patrie rencontre celle du prêtre qui
« nous parle de Dieu. Bruits d'une
« grande nation ! luttes glorieuses !
« chocs sublimes, d'où jaillissent les

« idées que le penseur recueille et que le
« poète chantera.

« Voilà, Messieurs, le sol que fouleront
« vos pas ! Voilà l'arène brûlante où vous
« descendrez un jour. La société, debout
« comme un juge sur le seuil de la vie,
« interroge l'homme qui entre et lui
« dit : Toi, qu'as-tu fait ? Toi, qu'as-tu
« trouvé ? Quelle pierre apportes-tu à
« l'édifice ? »

« Honte alors à qui vient les mains
« vides !

. . . .

« Soyez savants, Messieurs, pour être
« puissants contre les douleurs et les
« revers ! Soyez savants pour être bons
« et modestes ! Et s'il se rencontre sur
« votre chemin de ces hommes qui nient

« parce qu'ils ignorent, de ces aveugles
« qui raillent le soleil, de ces intelligences
« blasées sur qui n'ont plus de prise les
« choses de l'âme et du ciel, soyez savants
« et forts pour avoir le droit d'en rire ! »

Si, plus tard, les petits élèves de M. *Deshayes*, qui écarquillaient leurs yeux à ce beau discours, ont lu *la Colombe* ou *l'Abbaye*, ils auront été fort surpris. — Leur président ne s'était plus souvenu de ses leçons ! Les sœurs du poète, à son lit de mort, ne feront que les lui rappeler. Lui-même, philosophe naturaliste, auteur des *Fossiles*, s'il avait relu ce passage sur « les choses de l'âme et du ciel », il aurait souri — ou pleuré...

On met souvent dans l'embarras quelqu'un, vers la quarantaine, quand on lui rappelle sa prose ou ses vers de vingt-deux ans. Ce *Bouilhet* de 1840, pieux, ingénu et badin, combien différent du *Bouilhet* philosophique en pleine maturité de sa personnalité ! Rien, dans ses œuvres ni dans sa correspondance, ne révèle encore le poète scientifique, si hardiment original, qui interroge les âges de la terre et médite sur les ruines des religions.

C'est entre 1845 et 1850 que le caractère de *Bouilhet* commence de subir une profonde transformation. A cette époque, il abandonne définitivement la médecine. Une difficulté avec la commission administrative des hospices fut l'occasion propice. *Louis* et ses camarades de l'internat

avaient demandé à recevoir du vin pendant leurs repas et à ne pas coucher à
l'hôpital, sauf les jours de garde. La
pétition dégénéra bientôt en conjuration,
et les affidés étaient convenus de cesser
leurs soins s'ils n'avaient pas satisfaction.
Mais, après le refus de la commission
administrative, plusieurs étudiants se
rétractèrent, et quant aux autres (*Louis*
était du nombre), leur renvoi fut prononcé. La plupart d'entre eux obtinrent
d'ailleurs d'être réintégrés dans la suite,
après qu'ils eurent fait des excuses.

Bouilhet ne sollicita pas sa grâce et
resta subitement privé de gîte et de couvert, ce qui était un coup sensible pour
un étudiant pauvre comme lui. Il alla s'installer à *l'hôtel des Trois-Maures*, aujour-

d'hui détruit, où il vécut de répétitions.

Il avait recouvré la liberté de ses nuits
et pouvait courir le cotillon s'il lui en pre-
nait envie. Mais cette aventure le refroidit
encore pour une carrière qui ne lui ins-
pira jamais beaucoup d'attrait, et peu de
temps après il cesse de fréquenter les
cours. Avec l'assistance d'un camarade,
Emonin, il fonde, rue Beauvoisine, 131,
un cours préparatoire au baccalauréat,
nous dirions « une boîte à bachot ». Il
voit régulièrement *Flaubert,* qui, revenu
à *Croisset* avant son voyage en Orient,
stimule l'ambition de son ancien condis-
ciple, admire ses premiers vers, lui
révèle son talent, et l'introduit chez les
maîtres qu'il a connus à *Paris.* Sur ses

conseils, le poète rend visite à *Gautier*, à *Louise Colet*, à *Pradier*. *Bouilhet* goûte à l'amour, prend contact avec *Paris*, et, bien qu'astreint à un dur labeur, respire un air plus libre.

Le voyage de *Flaubert* en Orient pendant les années 1849 et 1850 donne lieu à un intéressant échange de correspondance entre les deux amis : « Le 1er janvier « 1850, écrit *Flaubert*, j'ai reçu ta bonne « et longue lettre tant désirée... Si tu « trouves que je te manque, tu me man- « ques aussi ; en marchant le nez à l'air « dans les rues, en regardant le ciel bleu, « les moucharabis, je rêve à ta personne « dans ta petite chambre de la rue *Beau-* « *voisine*, au coin de ton feu, pendant que « la pluie coule sur tes vitres... Travaille

« toujours ; reste ce que tu es ; continue
« ta dégoûtante et sublime façon de vivre,
« et puis nous verrons à faire résonner la
« peau de ces tambours que nous tendons
« si dru depuis longtemps. » Je relève encore dans une lettre du 2 juin 1850 : « Il
« paraît que l'établissement des bacheliers
« va bien et que tu fais la répétition avec
« succès. Tant mieux ! tâche de gagner
« de l'argent et de bien vivre. C'est tou-
« jours ça ! » *Bouilhet* n'avait pas perdu
son ami tout entier : le dimanche il allait
causer de *Gustave* avec Mme *Flaubert,*
et il lui restait l'oncle de l'absent,
« le père *Parain* », joyeux compagnon,
assez paillard, malgré son âge : « Il
« paraît, écrit *Flaubert* à son oncle, que
« le jeune *Bouilhet* se livre un peu à l'im-

6*

« moralité en mon absence. Vous le voyez
« trop souvent. C'est vous qui démorali-
« sez ce jeune homme ; si j'étais sa mère,
« je lui interdirais votre société... Adieu,
« bon vieux père *Parain*, ne faites pas trop
« de polissonneries avec *Bouilhet*. »

C'est dans la maison de la rue *Beauvoisine* qu'en 1851 *Louis* fit la connaissance de *Léonie Leparfait*, qui habitait un
appartement au-dessous du sien avec un
enfant de cinq ans, *Philippe*. Elle était
douce, active, sérieuse, en dépit de la situation qu'elle accepta ; *Philippe*, pétulant
et expansif, courait d'un palier à l'autre.
Ces trois êtres se plurent et se réunirent.

L'année 1852 est marquée par la naissance de *Maelenis*, achetée 400 francs par
l'éditeur *Michel Lévy*. Le poème suppo-

sait une longue gestation, « et cependant,
écrit *Flaubert* à *Louise Colet*, sais-tu que
le pauvre diable est occupé huit heures
par jour à ses leçons ? »

En 1853, mis en vedette par ce succès
littéraire, sinon financier, le poète se
décide à s'installer à *Paris*, rue de *Gre-
nelle-Saint-Germain*, 71. Ce fut un gros
chagrin pour *Léonie*, *Philippe* et *Flaubert*
qui restaient à *Rouen*. « Voilà huit ans, sou-
« pire *Flaubert*, que *Bouilhet* venait cou-
« cher, déjeuner et dîner ici tous les di-
« manches. » *A Paris*, il revoit *Louise Colet*,
la maîtresse de *Gustave Flaubert*, dont il
dit « qu'elle manquait naturellement de
« naturel », renoue avec *Maxime du Camp*
et *Théophile Gautier* qui ne lui fut jamais

tout à fait sympathique, èt fréquente l'atelier romantique du sculpteur *Pradier*, sur la bière duquel il déposera cet hommage :

Pradier, ta tombe est close, et la foule écoulée
A quitté le gazon des morts silencieux, etc.

(Festons et Astragales.)

Les Fossiles parurent au bout d'une année passée à *Paris*, en 1854, et marquent la pleine maturité du talent de *Bouilhet*.

Toujours douce et résignée, *Léonie* avait accepté courageusement la séparation : « J'ai trouvé *Léonie* grelottant de froid et « charmante, excellente et bonne femme. « Elle s'embête, m'a-t-elle dit, énormé- « ment, et n'a pas mis le pied dehors « depuis trois semaines. J'y suis resté deux « heures. Nous avons beaucoup causé de

« l'existence. Elle me paraît avoir peu
« d'illusions ; tant mieux ! » (*Correspon-*
dance de Flaubert, 1854.)

Mais *Bouilhet* — le croira-t-on ? —
s'embêtait énormément de son côté. Il
regrettait la province, son intérieur et ses
habitudes ; il se décourageait. Bien souvent *Flaubert* dut remonter le moral de
son ami. *Louis*, qui venait de composer un
drame en vers, *Madame de Montarcy*,
éprouvait les plus grandes difficultés à le
faire recevoir au Français ou à l'Odéon :
« Au lieu d'un drame en cinq actes,
« présente un projet de comédie, genre
« Pompadour », et tu verras quels sou-
« rires ! J'en appelle à ton orgueil : re-
« mets-toi en tête ce que tu as fait, ce que
« tu peux faire, ce que tu feras, et relève-

« toi, nom. d'un nom ! considère-toi avec
« plus de respect... Tu me diras que voilà
« deux ans que tu es à *Paris* et que tu
« as fait tout ce que tu as pu sans que rien
« de bon te soit encore arrivé. Mais tu
« n'imprimes pas *Maelenis* en volumes,
« tu ne vas pas voir les gens qui ont
« écrit pour toi. On te donne tes entrées
« au Français, tu n'y mets pas les pieds,
« et, en deux ans, tu ne trouves pas le
« moyen de t'y faire; je ne dis pas un ami,
« mais une simple connaissance. Tu as
« refusé de fréquenter un tas de gens,
« *Janin, Dumas, Guttinguer*, chez les-
« quels tu aurais pu nouer des camara-
« deries ; et quant à ceux que tu fré-
« quentes, il vaudrait peut-être mieux ne
« pas les voir : exemple *Gautier*. Crois-tu

« qu'il ne sente pas à tes façons que tu le
« chéris fort peu ?... Je me suis permis
« souvent de t'avertir de tout cela. Tu ne
« vois pas assez l'importance des petites
« choses dans le pays des petites gens. A
« *Paris*, le char d'*Apollon* est un fiacre.
« La célébrité s'y obtient à force de
« courses. » (*Correspondance de Flaubert*,
1855.)

Constamment, dans ses lettres, *Flaubert*
lui indique les filières à suivre, les dé-
marches à faire, cite des adresses et lui
souhaite quelques amourettes, pour
l'égayer. — *Bouilhet* vient de rompre une
liaison passagère avec une actrice, Mademoiselle *Durey*. « Je ne serais pas fâché
« que tu me donnasses quelques détails
« sur ta rupture avec la *Durey*. Aucun des

« écarts de la lubricité ne m'est indiffé-
« rent, comme dit *Brissac*. »

Enfin *Madame de Montarcy* est reçue
à l'Odéon, en 1856. *Bouilhet* assiste à la
première, plus mort que vif, porté par
ses amis d'*Osmoy* et *du Camp* qui ont
toutes les peines du monde à lui faire
croire à la réalité de son succès.

Mais le poète était las de *Paris*, dont le
tumulte l'étourdissait, et la vie de garçon
lui pesait tous les jours davantage. Comme
Flaubert le suppliait, dans l'intérêt de
sa gloire, de ne pas revenir en province,
il fit une cote mal taillée et alla s'installer,
l'année suivante, à *Mantes*, aux portes de
Paris. Il y habitait une maison « près
« d'une vieille tour, à l'angle du pont dont
« le moulin grince ». *Léonie* et *Philippe*

vinrent l'y rejoindre et lui rendirent la douceur de son intérieur familier.

Le séjour à *Mantes*, qui se prolongea jusqu'en 1867, fut l'époque la plus féconde de la carrière de *Bouilhet*. Il y composa *le Cœur à droite ; Hélène Peyron*, 1858 ; *l'Oncle Million*, 1840 ; *Dolorès*, 1861 ; *Faustine*, 1864, et *la Conjuration d'Amboise*, 1866. La petite ville, d'atmosphère tranquille, se prêtait au recueillement de la composition. Le poète se levait tard, nous dit *Philippe*, lisait dans son lit et se mettait au travail dès le déjeuner. Il se promenait de long en large, « gueulant » ses vers, comme *Flaubert* sa prose, avant de les rédiger. Très casanier, il restait quelquefois des semaines entières

enfermé dans son cabinet, malgré les
prières de *Léonie*.

Quand il avait marché une lieue du
côté de *Rosny*, il rentrait exténué. Sa
calme existence n'était coupée que par
les courses obligatoires à Paris, dans les
théâtres, dont il revenait « attristé que
« l'art pût tenir si peu de place dans les
« questions d'art ». Ou bien c'était son
voisin *Levé*, futur directeur du *Monde*, et,
malgré ses idées ultramontaines, très lié
avec l'auteur des *Fossiles*, qui lui rendait
visite ; — ou bien encore *d'Osmoy*, *Flaubert*, venaient s'installer chez lui pour
quelques jours. Parfois, il se rendait aux
dîners Magny pour reprendre langue avec
les écrivains, ses contemporains.

Ses distractions étaient le dessin,

l'aquarelle (les cahiers où il écrivait ses poésies sont illustrés de croquis), la lecture de romanciers anglais, de *Dickens* notamment, pour lequel il partageait l'admiration de *Flaubert*, enfin l'étude du *chinois*.

Il en avait pris le goût chez *Gautier*, dont la fille, *Judith Gautier*, s'occupe encore aujourd'hui de japoneries. L'exotisme d'un tel passe-temps flattait son romantisme mal assoupi et, en poète, il s'était épris d'affection pour ce pays des potiches, où les magots aux moustaches dramatiques se livrent de si furieux combats. Enfin il n'était pas jusqu'au ciseleur de vers qui, dans la syntaxe asiatique, n'espérât trouver des divisions de strophe originales, aux balancements de rimes ingénieux.

Mais surtout le délassement · préféré
du poète était... la poésie, non plus les
vers prisonniers des conventions théâ-
trales, mais l'inspiration rimée au hasard
de ses caprices. *Bouilhet,* nous dit *Philippe,* n'a jamais aimé le théâtre ; il en
faisait à regret, pour vivre, comme d'autres maintenant font du roman, — et
Flaubert corrobore cette opinion en écrivant : « Il se soulageait par des vers lyri-
« ques de la contrainte du théâtre. » C'est
ainsi que l'*Étude antique, Une baraque de
la foire, les Neiges d'antan,* la plupart des
Dernières Chansons ont été composés
comme un bref laissez-courre de l'esprit, bientôt rappelé dans ses liens.

Le théâtre n'avait même pas enrichi la
maisonnette de *Mantes.* Il fallait nourrir

trois personnes avec, pour toutes recettes,
les droits d'auteur de *Bouilhet.* Or, sauf
Madame de Montarcy et *la Conjuration
d'Amboise,* aucune des œuvres du dramaturge n'avait tenu l'affiche. L'économie et l'activité de *Léonie* suffirent à
tout. Quand *Bouilhet* devait se rendre à
Paris le lendemain, il n'était pas rare
qu'elle passât la nuit à remettre en ordre
les vêtements du poète.

Les amis de *Louis,* émus de cette situation, attendaient une occasion pour lui
venir discrètement en aide. Elle se présenta en 1867, quand la mort d'*André
Pottier* rendit vacante la place de con-
servateur à la bibliothèque de *Rouen.*
On mit le nom de *Bouilhet* en avant. Le
maire, M. *Verdrel,* était un camarade de

7*

classe du Dr *Achille Flaubert*. Il accueillit
favorablement la demande, qui fut ap-
puyée par le préfet *Leroy*. Le poète se
transporta à *Rouen* avec *Léonie* et *Philippe* et vint habiter une petite maison
ensoleillée, rue *Bihorel*, — c'était l'aisance
assurée.

Le nouveau bibliothécaire avait toujours eu des habitudes bureaucratiques ;
il s'occupa aussitôt de classements et prit
ses fonctions au sérieux, — trop au sérieux
selon *Flaubert* qui lui disait : « On t'a mis
« là pour faire de la littérature et non
« pour ranger des bouquins ».

Il ne devait pas honorer longtemps ce
studieux asile. Depuis son retour à *Rouen*,
il souffrait d'une albuminurie qu'un
voyage à *Vichy* ne fit qu'aggraver. Il

mourut sans agonie, le 18 juillet
1869.

Sa mort, avec les circonstances qui
l'accompagnèrent, l'intervention de ses
sœurs, le refus qu'il opposa à l'assistance
d'un prêtre, est un épisode d'histoire littéraire que nous étudierons dans un chapitre de cet ouvrage.

La fidèle *Léonie* reçut son dernier sou-
pir. — C'est maintenant le moment de
préciser la place exacte qu'elle a occupée, avec *Philippe*, dans l'existence de
Bouilhet.

Flaubert a tout dit en quelques mots :
Léonie, « vieille amie de jeunesse » ; *Philippe*, « un enfant qui n'était pas le sien et
« que le poète aimait comme un fils ».

Douce, modeste, laborieuse, mais d'une
culture moyenne et confinée dans les
soins du ménage, *Léonie* n'a pas eu sur
le talent de l'écrivain une influence sensible pour l'observateur. A-t-elle profondément remué le cœur de l'homme ? —
Rencontre de jeunesse que l'âge mûr trans-
forma en douce habitude... La chronique,
qui ne surprend pas tous les secrets, ne
sait rien de plus. *Bouilhet* n'a pas eu de
vie sentimentale à tournure anecdotique.
Ceux qui chercheraient dans son existence
les aventures de *Musset* seraient déçus.
Sensible, mais modéré par nature, à dix-
huit ans il est naïf et sage ; à trente ans,
il sait la vie et boit à la coupe, mais sans
défaillir ou s'enivrer. Ce n'est pas un né-
vrosé ni davantage un romanesque. L'a-

mour en pantoufles, au battement égal et
discret, mêlé à l'ambiance comme un
tic-tac de pendule, le guettait. *Louis* et
Léonie vécurent donc *en ménage,* — faux
ménage, dit l'état civil, mais ménage cependant, avec l'atmosphère qui s'attache
à ce mot.

S'il est *bourgeois* de faire du mariage
une affaire, jamais ménage ne fut sans
doute moins bourgeois que celui-là. *Louis*
prit *Léonie* pauvre et la garda telle.

Mais si c'est dans la bourgeoisie que
les unions fidèles, quiètes, où l'habitude
devient bientôt une seconde inclination,
sont le plus répandues, je dirai —
dussé-je offenser la mémoire de *Flaubert*
— que *Louis* et *Léonie* se sont aimés
bourgeoisement.

A tel point qu'une seule chose manquait à ce modèle d'union conjugale —
et l'on en est presque surpris— c'est le paraphe de Monsieur le maire. Mais il
était sollicité, et « les papiers » déjà prêts
au moment où toute émotion pouvait devenir funeste au moribond. Celle qui
attendait depuis dix-huit ans voulut atten-
dre toujours. — Il faut reconnaître son
amour et rappeler que son fils *Philippe,*
aussi désintéressé qu'elle dans les mo-
ments suprêmes, s'est attiré cet éloge de
Flaubert : « Je n'ai jamais connu de
« meilleur cœur que celui du petit
« *Philippe.* »

Sur le fond de ces souvenirs, se détache
maintenant la personnalité de *Bouilhet*

vers quarante ans. Au physique, c'est un lymphatique qui se lève tard, sort peu, aime son intérieur, prend facilement des . habitudes, s'intimide de la moindre démarche, s'exprime avec douceur et arrondit ses gestes. Bien équilibré, d'ailleurs, maître de ses sens et naturellement tempéré. Au moral, *Flaubert* trace de lui ce portrait : « Toi, bien que *curvus* et *com-* « *plex*, tu es au fond un homme sensible.. « C'est par là que tu te rapproches de « *Rousseau*, quoi que tu en dises. Tu « aimes les champs ; tu as des goûts « simples ; il te faut pour vivre heureux « une compagne, et tu regrettes de ne « pas avoir un état. »

Si *Bouilhet*, de l'aveu de son ami, est *curvus* et *complex*, on peut du moins

dégager la dominante de son tempérament intellectuel — c'est un poète !

Poète, certes, et des trois manières
différentes dont on peut l'être...

Il est poète parce qu'il a le don, l'instinct poétique. Ce don n'est pas uniquement *l'oreille*, pour régler le choix des
images, le mouvement des rythmes et le
balancement des rimes. Si l'oreille seule
était en jeu, *Flaubert*, qui n'en manquait
pas sans doute, n'aurait pas été, de son
propre aveu, réfractaire à la poésie. Le
don, c'est ce je ne sais quoi — intuition
de l'esprit ou vibration des nerfs —
qui saisit la pensée, l'assouplit, l'anime,
et la transpose dans une autre langue.
La poésie n'est pas que de la prose
cadencée, et les anciens, parlant des

poètes, avaient raison de dire : *Nascun-tur !*

Bouilhet est encore poète parce qu'il possède les facultés poétiques : l'imagination et la sensibilité. L'imagination, nul ne la niera ; elle éclate dans la variété des thèmes et la fécondité des inspirations. — Quant à sa sensibilité, quelques-uns l'auraient peut-être contestée... Mais lisez sa correspondance : elle s'épanche dans son attachement pour sa mère, ses sœurs ; elle pénètre sa fidélité souriante à *Léonie ;* elle explique sa prédilection pour les enfants, *Esther*, *Philippe*, et cette petite fille qu'il endort avec une chanson de nourrice :

Pourquoi pleurer, ma petite,
Lorsque le jour est fini ?

LOUIS BOUILHET   8

> Fais silence ! et dors bien vite
> Comme un oiseau dans son nid.
>
> (A une petite fille.)

N'est-ce pas encore sa sensibilité qui lui arrache ces cris de pitié, d'un accent si vrai, pour le violoneux minable des baraques foraines ?

> Mais parfois dans l'ombre — et c'était son droit !
> Il lançait, lui pauvre et transi dans l'âme,
> Un regard farouche aux pantins du drame
> Qui reluisaient d'or et n'avaient pas froid...
>
> (Une baraque de la foire.)

pitié qui n'oublie pas les bêtes que tous oublient... un crapaud :

> Ah ! pauvre ami, vieux camarade,
> Que dit-elle à l'astre argenté,
> Ta longue et morne sérénade
> Qui chante dans les nuits d'été ?
>
> (Le Crapaud.)

pitié qui s'étend même aux choses, aux
vieilles maisons qu'on éventre : ·

> Quand vos cloisons mal affermies
> Livrent aux regards insultants
> Les secrètes anatomies
> Du foyer qui vécut cent ans.
>
> (*Démolitions*).

Ce n'est pas une sensibilité doulou-
reuse ou maladive, comme celle de tant
de contemporains ; elle n'en est pas
moins vive, surtout vers la vingtième année.
Mais chez *l'écrivain*, cette tendresse ins-
tinctive, que *Flaubert* comprime comme
une faiblesse, est souvent refroidie par
un souffle hautain descendu du *Parnasse*
naturaliste. — Nous essayerons plus loin
de démêler les influences d'une école
qui interdisait au poète de se mettre en

scène et érigeait en maxime l'imperson-
nalité de l'Art.

Enfin, *Bouilhet* est poète par son
désintéressement, ses enchantements,
ses extases, parce qu'il se console plus
facilement que les autres de ce qui
manque à la plupart : honneurs, richesses,
et qu'il jouit comme pas un de ce qui
s'offre à tous : la Nature, l'Art et la
Beauté. Il est bien le frère de *Gringoire*,
d'*Alain Chartier* et des troubadours qui
vivaient d'un liard et s'étourdissaient
de chansons. Sa voix, à l'unisson des
leurs, clame les louanges de la Nature, à
laquelle nul peut-être n'a porté un cœur
plus religieux :

> Et toi, la mère universelle,
> Toi, la nourrice aux larges flancs,

Dont le lait pur à flots ruisselle
Du haut des cieux étincelants ;

Toi qui marches fière et sans voiles
Sur les cultes abandonnés
Et, par pitié, dans les étoiles
Cache les dieux découronnés;

Toi qui proposes dès l'enfance
A notre faible humanité
Pour symbole ta confiance,
Pour évangile ta beauté !

(*Dernières chansons* : *l'Abbaye.*)

Pour celui qui ouvre son âme à l'air qui
souffle, au rayon qui luit, à l'eau qui
passe, dont l'imagination, comme une
serre tiède, reste luxuriante pendant
l'hiver, qu'importent la richesse ou la
pauvreté ? — A ce banquet de la nature,
un gueux, s'il a de l'estomac, se verse

8*

plus larges rasades que les hôtes étiolés
des palais. Et, sur les factures des four-
nisseurs implacables, au dos des cahiers
scolaires qui marquent le servage d'un
pion, *Bouilhet* crayonne des vers, s'af-
franchit dans la poésie ! — *Flaubert* s'écrie
avec admiration : « *Bouilhet* m'a ouvert
« sur lui des horizons de sentiment qu'à
« coup sûr je ne connaissais pas. Voilà un
« homme, ce *Bouilhet !* Quelle nature
« complète ! Si j'étais capable d'être jaloux
« de quelqu'un, je le serais de lui. Avec la
« vie abrutissante qu'il a menée, les bouil-
« lons qu'il a bus, je serais certainement
« un imbécile maintenant ou au bagne...
« Les souffrances du dehors l'ont rendu
« meilleur. C'est le fait des bois de haute
« futaie : ils grandissent dans le vent et

« poussent à travers le silex et le granit,

« tandis que les espaliers avec tout leur

« fumier et leurs paillassons crèvent ali-

« gnés sur un mur et en plein soleil. »

Il appartient vraiment à la grande race des poëtes, non simples rimeurs, mais poëtes dans l'âme, détachés de l'or, prodigues de leur cerveau, qui marient pour leur art les tendresses du cœur aux mâles fiertés de l'esprit, et que la divine Beauté dédommage avec usure d'être incompris par les bourgeois.

Je l'ai gardé ce bon baiser de muse !
Comme une perle, il rayonne à mon front ;
Et désormais, qu'on me flatte ou m'accuse,
Sans l'effacer les soucis passeront.

(*Dernières chansons : Baiser de Muse.*)

Son luth, hélas ! fut brisé entre des

doigts pleins de vie, mais écoutez-le raconter le convoi du poète :

> Dors, poète ! on frappe en vain
> A nos tavernes immondes ;
> Dors, ô mendiant divin
> Qui payais avec des mondes.
>
> Quelque jour, les fossoyeurs
> Verront, tombant en prière,
> Des soleils intérieurs
> Luire aux fentes de la bière ;
>
> Et, sous leur pic effaré,
> Brisant la planche sonore,
> Feront du tombeau sacré
> Jaillir une grande aurore !

(Festons et Astragales : le Poète aux étoiles)

LA LIGNÉE PATERNELLE

Après avoir raconté la vie de *Louis Bouilhet*, il faut — pour rester fidèle à notre méthode — dégager les. influences déterminantes, en tête desquelles se placent, par ordre logique, celles de l'hérédité.

Sur *Jean-Nicolas Bouilhet*, père du poète, nous ne possédions que cette courte indication de *Flaubert* ; « Le père du poète, chef des ambulances dans la campagne de 1812, passa *la Bérézina* à la nage en portant sur sa tête la caisse du régiment, et mourut jeune par suite de ses blessures. » —C'était peu, et d'ailleurs inexact quant aux détails.

Les *Souvenirs* manuscrits de *Jean-Nicolas* et les pièces généalogiques que j'ai entre les mains me permettent de reconstituer sa biographie.

Un fait curieux, et qu'on ignorait, c'est que la famille *Bouilhet* est *gasconne*. — Le premier ascendant auquel je remonte, *François Bouilhet*, était maître chirurgien à *Nogaro*, dans le *Gers*.

Jean Bouilhet, fils de *François*, est le grand-père du poète. Tandis que son frère aîné continuait d'exercer la chirurgie pour céder ensuite son cabinet à un fils (troisième chirurgien du nom de *Bouilhet* à *Nogaro*), *Jean Bouilhet* s'engagea dans l'administration militaire des ambulances, séduit par les affinités de cette profession avec la carrière paternelle.

Il avait, nous dit son fils, « une santé délicate et un caractère doux et humain ».
Après avoir servi vaillamment sous la
Révolution et l'Empire, le 18 février 1810,
directeur de l'hôpital d'*Eccloo*, dans la
Hollande française, il mourut à la tâche,
d'une fièvre infectieuse qui régnait dans
l'île de *Walcheren*. — Il avait épousé à
Paris, le 7 février 1785, *Marie-Anne
Bailly*, originaire d'*Ermenonville* et fille
du cocher du *marquis de Girardin*. On se
souvient que celui-ci, maréchal de camp
et littérateur, avait recueilli *Rousseau*
dans sa terre d'*Ermenonville,* où il mourut en 1778. Il est donc probable que la
grand'mère paternelle de *Louis Bouilhet*
avait souvent rencontré *Jean-Jacques* dans
le parc du marquis.

Jean Bouilhet et *Marie-Anne Bailly*
eurent six enfants, parmi lesquels *Jean-
Nicolas*, père du poète.

Jean-Nicolas Bouilhet est né à *Ermenonville*, dans la famille de sa mère, le
3 mars 1787. De bonne heure, son père
l'engagea dans l'administration des ambulances. Il y fit la plupart des campagnes impériales de 1805 à 1815. Au
moment de la campagne de *Russie*, il
avait le grade de directeur principal des
ambulances du corps d'*Oudinot*. Il tra-
versa *la Bérézina* à la nage et contracta,
comme conséquence de ce bain glacé,
une pneumonie dont il ne guérit jamais
complètement. Licencié après la paix, et
dans une situation de fortune très
modeste, *Jean-Nicolas,* bien qu'il n'eût

auparavant aucune attache avec la *Normandie*, s'estima heureux d'obtenir une place d'adjoint à la régie du château de *Cany*, domaine des *Montmorency-Luxembourg*.

Il se maria peu de temps après, et mourut à *Cany*, en 1832, non des suites de ses blessures, comme l'écrit *Flaubert* (car son sang n'avait jamais coulé), mais de l'affection des voies respiratoires dont il souffrait depuis la *Bérézina*. Il n'était âgé que de quarante-cinq ans.

De son mariage avec *Clarisse Hourcas-tremé*, célébré à *Cany* le 12 août 1819, sont issus trois enfants : *Louis*, 1821-1869 ; *Sidonie*, 1823-1884 ; *Esther*, 1830-1901.

Ainsi donc, chez les *Bouilhet*, on

était médecin ou ambulancier de père
en fils, et *Louis* ne fit que suivre une tradition familiale quand il se destina à la
médecine.

Le père de *Louis Bouilhet* a beaucoup
écrit. Dans ses manuscrits, il ne se
trouve, il faut l'avouer, rien de bien
saillant, et, n'était la volonté de retrouver
des matériaux pour apprécier l'œuvre
de *Louis*, on pourrait n'en rien dire.
Mon père a lu à l'Académie de *Rouen*,
en 1902, une notice sur les ouvrages du
Directeur d'ambulance ; le mieux que je
puisse faire est d'en citer quelques passages :

« Un premier poème est intitulé *les
Fricoteurs* ; deux mille vers entassés dans
une espèce de péniche que hâle une

muse déconcertée sur d'interminables canaux, en traversant les écluses sans même changer de niveau... *Les Frico-teurs*, ce sont les faux malades que le directeur d'hôpital trouve dans le lit des vrais demeurés sur la paille... *Bouilhet* le père n'a d'ailleurs jamais pensé à publier ce poème : ce serait plutôt à lui de nous demander un compte qu'à nous d'en exiger de lui.

« *Le Sophiste*, comédie en cinq actes et en vers, se laisse lire, au contraire, avec un assez vif intérêt. Le rôle du sophiste est tenu par *Saint-Firmin* qui, pour commettre de méchantes actions, prend l'excuse d'un argument philosophique ou d'un paradoxe moral. »

Deux cahiers de chansons, odes et

fables s'offrent encore à notre analyse.
A citer cette *Ode à la Mort*, inspirée de
J.-B. Rousseau :

> Mais pourquoi cet aspect terrible,
> Ce front ombragé de cyprès ?
> Qu'es-tu donc sous ce masque horrible
> Dont nous avons couvert tes traits ?
> D'un Dien bon sévère ministre,
> A travers ce dehors sinistre
> Et l'ombre qui vient te couvrir,
> Je vois l'ange qui nous délivre,
> Et lorsque nous cessons de vivre,
> N'est-ce pas cesser de souffrir ?

D'autres pièces, d'une facture spiri-
tuelle, nous ramènent au genre familier
qui faisait le fond de ce talent affectueux et souriant. Ainsi cette « Réponse à
M. X... qui m'avait écrit un billet com-
mençant par ces mots : Etes-vous mort ? » :

Moi, mort ? Non, Dieu merci ! Moi mort ? à
                             [Dieu ne plaise !
     Vous en parlez fort à votre aise !
     Puis-je mourir honnêtement
  Sans vous convier à mon enterrement ?
Aux égards qu'ici-bas l'humanité doit suivre
   Je ne puis manquer à ce point.
   Croyez que je n'ignore point
   Comment un mort doit savoir vivre.

Mais l'œuvre la plus importante du père de *Louis Bouilhet* est le récit de ses campagnes, composé dans sa retraite, de 1820 à 1825. Nous publierons et nous apprécierons ailleurs ces souvenirs où l'on puise des détails curieux sur l'organisation des ambulances napoléoniennes. Ils sont écrits avec une simplicité, une naïveté, qui en font la saveur. La retraite de Russie forme l'épisode

principal. *Jean-Nicolas* a beaucoup
souffert. Pourchassé par les cosaques
d'hôpital en hôpital, échappé miracu-
leusement à la mort, il a écrit en tête de
ses *Souvenirs* : « Un jour, j'aime à nourrir
cette idée, mon fils parlera avec orgueil
des dangers et des maux que son père a
partagés ; il croira reconnaître mes
traces en lisant l'histoire de mes mal-
heurs, et fier alors des maux qui me font
gémir aujourd'hui, il vantera mon courage trempé dans les eaux de *la Bérézina*. Tardif et faible dédommagement
que l'avenir me promet.... quand je ne
serai plus. »

Maintenant que le père et le fils sont
couchés sous la terre, cet appel de l'un à
l'autre paraît plus mélancolique encore. Il

se perd dans le silence du cimetière ;
aucune voix ne lui a répondu. *Louis*
n'avait que onze ans à la mort de son père,
qu'il a donc peu connu. Parvenu à l'âge
d'homme, a-t-il lu ses manuscrits ? On
chercherait vainement dans toute l'œuvre
de *Louis Bouilhet* quelques lignes évo-
quant le calme courage du directeur des
ambulances. Rien, pas même un souvenir
sur la Grande Armée, comme ce *Pèlerinage
des grognards à la colonne* qu'a signé son
camarade de lettres, *Théophile Gautier...*

Jean-Nicolas n'a pas été plus heureux
en tirant l'horoscope de son fils. — Sur
une feuille détachée, je lis ces lignes : « Le
dimanche 27 mai 1821, à cinq heures un
quart de l'après-midi, pendant les vêpres
et par un beau temps, *Louis* est venu au

monde... Mon fils, si je pouvais disposer
entièrement de ton sort, si je pouvais
régler ta destinée, je te condamnerais à
une heureuse obscurité, à une sage médiocrité. C'est là qu'est le bonheur, là qu'on
est à l'abri de l'envie et des revers. »

En vérité, je ne crois pas que *Louis* ait
partagé sur ce point l'opinion de son père,
lui qui fuyait surtout la médiocrité, fût-
elle dorée. *Flaubert* n'a pas dû goûter
davantage cette philosophie du potager
où le bourgeois plante ses choux. Aussi ne
mentionne-t-il que pour mémoire l'existence de l'hospitalier. « Pour lui — et ici
je rends la parole à mon père — le véritable lien de famille de son ami se noue
avec son grand-père maternel, *Pierre
Hourcastremé.* La vie aventureuse de cet

homme universel et un peu bohème aura
séduit *Flaubert*, illustre contempteur des
Philistins ; il lui aura trouvé plus d'enver-
gure que dans l'existence devenue mono-
tone du commis des *Montmorency*. Qu'on
lise une note écrite par M. *Bouilhet* après
quelques années de séjour à *Cany* ; qu'on
la rapproche des sommets sur lesquels se
tenait *Flaubert*, et l'on ne s'étonnera pas
que les deux amis, poète et biographe,
n'aient pas accordé une large place dans
leur intimité au père de famille régulier,
ponctuel, toujours souriant et un peu pon-
cif, dont les habitudes juraient avec les
leurs. »

Voici cette note, intitulée *beau côté
de la médaille*, où *Jean-Nicolas* apprécie
les avantages de son existence à *Cany :*

« Revenu suffisant, produit d'un travail peu considérable, séjour agréable, course obligée tous les jours qui entretient ma santé, loisir qui me permet de faire des lectures utiles, attachement des miens, abondance sans superfluité, etc., etc.

« Que pourrais-je désirer de mieux ? »

Combien d'autres auraient voulu mieux ! « Une pareille philosophie n'est pas commune, remarque mon père. Ce dépouillement intime de l'homme intérieur avec le squelette qu'il laisse voir, n'est-il pas fait pour lui gagner tous les cœurs pénétrés par le sentiment de la fuite éternelle du bonheur absolu, laissant à l'humanité demi consolée la poussière des menues joies? »

Ce serait une étude piquante de partir des chansons de route de notre ambulancier pour arriver à *Maelenis* et de comparer, dans cet atavisme de la poésie, le fils au père. La distance est énorme, je n'ai pas besoin de le dire... Mais la parenté se retrouve et sous les pas ailés de *Louis* gravissant le *Parnasse*, un œil exercé distinguerait peut-être les gros souliers de *Jean-Nicolas*.

Tous deux étaient doués à un point rare de la faculté d'improvisation. Tous deux s'étudiaient à varier leurs mètres et cultivaient les formes prosodiques les plus diverses. *Flaubert* rappelle que « Rouen vit passer un svelte jeune homme de beauté apollonienne, qui tenait toujours sous son bras des cahiers reliés. Il écrivait dessus rapidement les vers qui lui venaient, n'importe où, dans un cercle d'amis, entre ses élèves, sur la terrasse d'un café, pendant une opération chirurgicale...» Et ailleurs : « Rien n'empêche d'avouer que *Louis* excellait aux épigrammes, quatrains, acrostiches, rondeaux, bouts-rimés et autres joyeusetés faites par distraction, comme débauche. »

Écoutons maintenant *Jean-Nicolas :* « Je cultivais assidûment les Muses. Je me suis essayé dans tous les genres sans exceller dans aucun ; mon génie, sous quelque protection qu'il se soit mis, n'a jamais pu se hausser au-dessus du médiocre. J'ai fait des chansons, des romances, des fables, des idylles, des contes, des élégies, des comédies en prose et en vers, et rien de tout cela ne m'a jamais paru valoir grand'chose. Quoi qu'il en soit, la tendresse paternelle est là, et j'ai un plaisir infini à relire toutes ces fariboles. »

Mais, sans comparer les talents, on peut du moins noter les traits communs entre les caractères du père et du fils. Ils sont nombreux, — et *Jean-Nicolas* en avait eu l'intuition quand il écrivait dans ses *Mémoires* : « Père de famille, c'est en partie pour mon fils que je rassemble ces souvenirs. Il me semble qu'une conformité existe entre ses goûts, son tempérament, son esprit, et les miens. »

De ces traits communs, je ne citerai, pour me borner, que trois principaux.

Jean-Nicolas était incurablement *ti-mide* : « Je n'ai jamais pu vaincre ma malheureuse timidité », écrit-il. Et ailleurs : « Je ne saurais trop conseiller à mon fils de vaincre sa timidité, s'il a le malheur d'en être atteint. »

Louis, en effet, souffrit du même mal, et, comme son père, il n'en guérit jamais. « Svelte garçon, aux allures un peu *timides...* » disait déjà *Flaubert* de son ami adolescent. Cette timidité n'avait fait que croître avec l'âge : « Après la première de *Madame de Montarcy* à l'Odéon, continue *Flaubert, Louis* aurait pu exploiter le succès, se répandre...

mais il s'éloigna du bruit pour aller vivre à *Mantes*, dans une petite maison. » Et, en 1855, il lui écrit : « Je n'ai jamais vu d'homme plus ménager la semelle de ses souliers. Ton incompréhensible *timidité* est ton plus grand ennemi, sois-en sûr. »

L'ambulancier avoue dans ses *Mémoires* qu'au moment où le maréchal *Victor* le complimenta sur le champ de bataille de *Schamiki*, il apparut sans les insignes de son grade, se troubla, et fut au-dessous de lui-même. — *Le poète* était non moins timide sur un autre champ de bataille, *les planches...* Je lis dans les *Souvenirs littéraires* de *Maxime du Camp :* « Pendant qu'on répétait *Madame de Montarcy* à l'*Odéon*, *Louis* suivait *Flaubert*

10*

comme une ombre, approuvait, et ne se sentait pas rassuré. Sa *timidité* semblait accrue de tout le bruit dont on l'entourait. Il était ahuri et il eut plus d'une fois des crises de larmes. » — Timides, oui timides, si invraisemblables que paraissent les faits, l'homme qui a vécu sur tous les champs de batailles de l'Empire et le poète qui renverse les autels et se plaît à toutes les hardiesses de l'image et de la pensée !

De même, bien qu'il ait constamment respiré l'âcre odeur de la poudre, *Jean-Nicolas Bouilhet* était un *doux*, aimant beaucoup plus ses *Lares* qu'il n'admirait *Bellone*. Dans ses *Souvenirs,* il s'indigne si l'on opprime les populations vaincues ; il tourne en dérision les matamores de l'armée, et il blâme sévèrement les chirurgiens qui chargent derrière leur escadron, au lieu de panser les blessés. Quand il quittait un logement, ses hôtes, rassurés par son aménité, lui serraient les mains avec effusion et, sur son passage, pour une fois, on ne haïssait pas le nom Français.

Notre poète aussi est un doux, « robuste comme un forgeron et doux comme un enfant », dit *Flaubert*. On aurait pu croire le contraire en le voyant rechercher dans ses drames l'angoisse des situations et la violence des dénouements ; — et cependant chacun reconnaît qu'il était d'un caractère paisible et enjoué. Ses lettres à sa mère, ses poésies intimes, nous révèlent un cœur affectueux, attaché

au lien familial. Plus tard, il chérit autant
que son propre fils un enfant qui n'était
pas le sien. — C'était un doux, comme
son père.

Puis-je répéter le mot après *Maupassant* ?... Il n'est pas jusqu'à une certaine
« pompe », dans le théâtre de *Louis
Bouilhet*, qui ne semble un legs du père
au fils. *Jean-Nicolas* est un bourgeois
bourgeoisant, *Louis* — un peu lourd à
la scène — est quelquefois bourgeois
sans le savoir. Il se met à *l'école du bon
sens*. Et l'on sait, dans l'histoire de notre
théâtre, quelle marchandise de prosaïs-
mes a quelquefois couvert ce pavillon !
— Si quelqu'un l'avait oublié, il ne reli-
rait pas sans profit certains passages de

L'oncle Million ou d'*Hélène Peyron*. Or, remarquons que le *bon sens*, au moins celui qui ne s'élève guère au-dessus du *sens commun*, s'associe généralement l'idée de *bourgeois*. — N'est-ce pas ici le bonhomme de *Cany* qui fait ombre sur l'auteur dramatique ?

Le fils, soucieux de ses effets et soigneux de ses tirades, donnerait facilement trop d'importance à sa tâche ; *il appuie...* Le père accorde trop d'importance à sa propre personne, s'abandonne aux conseils sentencieux, et raconte ses bonnes actions avec des tournures à la *Plutarque*. D'ailleurs, tous deux aiment également les lettres et les cultivent. — Mais là où *Jean-Nicolas* n'avait vu qu'une tonnelle ombreuse pour prendre le frais, *Louis* dessine un parc aux courbes harmonieuses et aux perspectives grandioses. Il semble que la nature ait voulu ébaucher son œuvre en créant le père avant de réaliser dans le fils un modèle achevé. Satisfaite, cette fois, elle alluma dans les yeux de l'un ce qui manqua toujours à l'autre: l'étincelle.

LA LIGNÉE MATERNELLE

La lignée maternelle de *Bouilhet* avait seule retenu jusqu'à présent l'attention de la critique. Dans toutes les études sur l'auteur des *Fossiles*, on a rappelé les ouvrages de son grand-père *Pierre Hourcastremé*. Comme on va le voir, *Clarisse Hourcastremé*, mère du poète, elle aussi taquinait la Muse. -- Il est certain que *Louis Bouilhet* a reçu avec le sang des *Hourcastremé* un précieux legs de dispositions littéraires qui s'est ajouté chez lui au goût paternel pour le noble jeu des rimes.

Pierre Hourcastremé est né dans la

Gascogne Béarnaise vers 1748. « C'était un esprit original, écrit M. *Angot*, que *Pierre Hourcastremé*. Amateur de poésie, de musique et de dessin, il avait été successivement avocat au bailliage de *Pau*, journaliste et compositeur dramatique à *Paris*, administrateur de la marine au *Havre*, enfin maître de pension à *Montivilliers*. Il correspondit avec *Turgot* et *Condorcet*, fut en relations avec *Bailly* et *Mirabeau*, et publia : *Poésies et œuvres mêlées, 1773*; un ballet, *Marius et Ariste*; le *Catéchisme du chrétien par le seul raisonnement, Toulouse, 1789*; les *Aventures de Messire Anselme, chevalier des lois, Paris, 1790*; *Essay sur la faculté de penser et de réfléchir, Paris, 1805*; les *Étrennes de Mnémosyne*; *Essay d'un apprenti philosophe sur quelques problèmes de physique, de métaphysique et de morale, Paris, 1805 ; Solution des problèmes de la trisection géométrique de l'angle, Rouen, 1812.* — La plupart de ces titres, marqués au goût du temps, ont un étrange pouvoir d'évocation ! *Voltaire* avait consacré la réputation littéraire de l'écrivain en lui adressant ces stances datées de 1770 :

Les Muses, ainsi que les belles,
Dédaignent les vœux d'un vieillard.
En vain j'irais même après elles,
Et vous les fixez d'un regard.

Elles cessent de me sourire,
Vos accords ont dû les charmer.
Eh bien ! je vous cède ma lyre :
Vos doigts sont faits pour l'animer.

Au moral, c'était un homme universel, très intelligent, très lettré, peu entendu en affaires et incapable de se fixer. Au physique, « toujours poudré, en culottes courtes, soignant ses tulipes », nous dit *Flaubert* ; un des derniers et plus charmants représentants de l'esprit français au xviiie siècle. — Séduit par la beauté du site, il s'était fait construire une villa sur *la Côte* au *Havre.* La vente de cette propriété sous la Révolution causa sa ruine ; il fut payé en assignats dont la valeur tomba à néant peu de jours après. Pour vivre, il dut se faire maître de pension à *Montivilliers.*

Il avait épousé (je n'ai pu retrouver l'endroit ni la date du mariage) *Rose Patrix.* Les amies de Mlles *Bouilhet* m'assurent qu'elle était *Normande* et *Cauchoise*. De charpente paysanne, bien étoffée en chair, vaillante aux travaux domestiques, cette brave femme joua un rôle assez effacé. Elle eût été incapable de soutenir une conversation avec son mari sur un point d'histoire ou de littérature. Dans la famille, nous dit *Philippe*, on parlait de ce mariage comme si un vieux garçon avait épousé sa servante.

En 1816, *Hourcastremé* songea à la retraite et, des environs du *Havre* inclinant vers ceux d'*Yvetot*, il se fixa à *Cany* en *Caux*. — Le souvenir de son emménagement s'y est perpétué. Ce fut tout un événement pour la petite ville que la migration de ce *Gascon* parmi les *Nor-*

11*

mands. Par une de ces vaporeuses
matinées Cauchoises, embuées de l'hu-
midité des bois, les bonnes gens sur
leur porte virent arriver une charrette
chargée de meubles, de plantes et de
coquillages. On rapporte qu'à l'arrière
de l'équipage un myrte symbolique ba-
lançait ses rameaux. — Et c'était, au
milieu de ses manuscrits, de ses gilets à
fleur et de ses plantes favorites, *Hourcastremé,* ci-devant avocat au bailliage de
Pau, galant toujours vert, accompagné de
ses deux filles, *Clarisse* et *Zélie.* Il mit
en ordre sa collection de coquilles, ins-
talla ses tulipes le pied dans l'eau, le
bec au soleil, sur les bords de la *Durdent,*
et pensa avoir trouvé pour ses vieux
jours le pays de *Cocagne.* Le fait est qu'il

y mourut presque centenaire, après une course pédestre vers *Veulettes*, — non de fatigue, comme on pourrait le croire, mais de colère, parce que ses filles, inquiètes, avaient écourté la promenade.

Par un singulier hasard, dans ce même *Cany*, un autre gascon, *Jean-Nicolas Bouilhet*, était venu, l'année précédente, se réchauffer des bivouacs de *Russie*. Il s'éprit de *Clarisse Hourcastremé*, la demanda en mariage le 12 août 1819, et tous ces événements aboutirent à la naissance de *Louis Bouilhet*.

Celui-ci a bien connu son grand-père, et d'autant mieux qu'il habitait sous le même toit.

Et effet, *Hourcastremé*, dont les ressources étaient toujours des plus maigres, avait installé à *Cany* un pensionnat de demoiselles qui ne tarda pas à prospérer. « Sa fidélité au port de la queue et son petit juron Béarnais, m'écrit-on, étaient devenus légendaires parmi les élèves de ses filles. » — Ce pensionnat était le gagne-pain de la famille, et il eût été imprudent de le sacrifier. Aussi fut-il convenu, au contrat de *Clarisse*, « que les deux époux habiteraient provisoirement le même domicile que les père et mère de la fiancée, pour y avoir la même table, sans contribuer aux frais qu'elle occasionnera, sous l'obligation néanmoins que la future dame *Bouilhet* continuerait à s'occuper des soins qu'exige le pensionnat tenu par elle et sa sœur ». La fille mariée resta donc au foyer paternel, où elle s'assit avec son mari et ses enfants : c'étaient les mœurs des *Pyrénées* introduites dans le coutumier de *Normandie*.

Clarisse Hourcastremé était née à *Graville*, près *le Havre*, le 12 fructidor an V (29 août 1797). Sur l'acte de naissance, *Hourcastremé* est qualifié « homme de loi ». Ce diable d'homme a mué si souvent qu'il est impossible à la chronologie de suivre exactement son activité vagabonde. Plus tard, *Clarisse* et son père conservèrent d'agréables relations dans la région *Havraise*. Ceci explique que le jeune *Louis Bouilhet* ait été d'abord placé dans un pensionnat à *Ingouville*.

Mlle *Hourcastremé* était âgée de vingt-deux ans lors de son mariage avec *Jean-Nicolas Bouilhet*. Elle reçut de son

père — licencié *in utroque jure* depuis
1774 — une éducation soignée. De bonne
heure, elle avait occupé une chaire du
pensionnat fondé à *Cany*.

Quand on connaît ces détails, on est
moins surpris d'apprendre que *Clarisse*
ait commis des vers. — Sans doute il est
encore court d'haleine, ce petit cahier
blanc qui s'intitule modestement *Fugitives de Clarisse*. L'auteur ne l'écrivait pas
pour en tirer vanité, mais seulement par
délassement, après avoir corrigé les
devoirs de ses élèves ; néanmoins il est
profitable à nos recherches de savoir que
la mère de *Louis* aimait la poésie, connaissait les règles prosodiques dont, souvent même, elle tirait bon parti.

Mme *Bouilhet* était une catholique

fervente. A son contact, la religion de
son mari, d'abord ébauchée sous l'influence du *Vicaire Savoyard*, avait été
achevée à *Cany* par un curé qui n'était
que *Normand*. La manière dont *Bouilhet*
le père note que son fils est né « pendant
les vêpres » donne à penser qu'il se serait
rendu à l'église s'il n'avait été retenu près
de sa femme. Plus tard, donc, les parents
de *Louis* prirent soin que leur fils fût
assidu aux offices. — Cette observation
peut avoir son importance quand on sait
combien les enfants procèdent souvent
par réaction dans la formation de leur
personnalité.

Les *Fugitives* s'ouvrent par une « pa-
raphrase de la prière composée par
Pie VII en 1815, à laquelle S. S. attache

une indulgence spéciale ». Mme *Bouilhet*, ardente légitimiste, était aussi orthodoxe en politique qu'en religion et déposait ses poésies, comme des fleurs bénites, au pied du trône et de l'autel. Un *Compliment à Monseigneur* voisine avec un *Hommage au duc d'Angoulême*. — Quand un gros personnage débarquait à Cany, l'administration municipale priait Mme *Bouilhet* d'accorder sa lyre. Ses accents, il faut le reconnaître, ne dépassaient pas les mérites ordinaires de la poésie sur commande, mais la mère de Louis ne puisait pas son inspiration que dans les grands événements de *Cany*, et les sentiments qu'elle exprime ont toujours un suave parfum féminin. Une âme délicate s'y révèle non sans attrait.

Quant à l'ouvrière, elle ne manque pas de dextérité pour la combinaison des rythmes ; elle a gardé dans l'oreille la modulation des romances qu'on chantait au XVIIIᵉ siècle. Son vers ne se permet ni cris ni sanglots ; il soupire... Jusque dans la douleur, il est discret et bienséant. Ce maintien modeste nous touche : il y a dans certaines *Fugitives* je ne sais quel charme, celui des étoffes fanées et des meubles rococo où de la grâce sommeille sous la patine du temps.

Tenez, par exemple, dans cette *Rêverie:*

Venez, venez, ô douce rêverie !
Cher souvenir qui faites mon bonheur,
Pensers si doux, le charme de ma vie,
Vous qui toujours faites battre mon cœur,
Venez, venez.

LOUIS BOUILHET   12

Jamais, jamais ne perdrai souvenance
Du bel ami qu'entrevis un instant.
Depuis ce jour l'aimai sans espérance,
Car saura-t-il que mon cœur l'aimait tant ?
        Hélas ! jamais !

Arbres chéris, seuls témoins de mes larmes,
Et qui jadis le fûtes de mes chants,
Oh ! qu'à mes yeux vous possédez de
                 [charmes,
Car votre ombrage a vu ses traits touchants,
        Arbres chéris !

Le voir partout, le voir quand je sommeille,
Rêve charmant, viens t'offrir à mes yeux.
Heureuse alors, faut-il que je m'éveille ?
Réveil me rend souvenir douloureux.
        Le voir partout !

Depuis ce jour j'ai tant versé de larmes
Que de mes yeux tout l'éclat s'est terni.
N'ai point regret, en perdant de mes char-
                   [mes,
Car ne veux plaire à nul autre qu'à lui
        Depuis ce jour.

Quand le verrez le connaîtrez bien vite,
Car nul que lui n'a cet air gracieux
Le regardant si votre cœur palpite,
Fuyez, fuyez, craignez mon sort affreux
Quand le verrez.

Ce désespoir littéraire est daté de 1816. A l'époque, Mme *Bouilhet* n'était encore que Mlle *Hourcastremé ;* elle avait donc le droit de chanter *un bel inconnu.* Nous pouvons même supposer que celui-ci n'était autre que l'ancien directeur des ambulances impériales, et que les larmes de 1816 se sont séchées dans ses bras en 1819.

Son mari étant mort alors que l'aîné de leurs enfants, *Louis,* n'avait encore que onze ans, c'est sur elle que retomba tout le fardeau de leur éducation. On nous la dépeint mère vigilante et ferme, un peu sèche peut-être, administrant avec économie un maigre budget.

Louis ne lui causa d'abord que des joies. L'enfant était d'une précoce intelligence, laborieux, soumis ; il remportait tous les prix au collège. Ses goûts pour la poésie ne déplaisaient pas, mais à titre de passe-temps, comme une distraction plus noble que beaucoup d'autres. Au début, Mme *Bouilhet* les encouragea plutôt.

Puis *Louis* fit sa médecine. — Elle eût été heureuse de le voir revenir à *Cany*, diplômé sur parchemin, et de présenter à tous ses amis « le Dr *Bouilhet* ». Peut-être même caressait-elle le rêve que *Louis*, demeuré à *Rouen*, deviendrait un des praticiens éminents de la grande ville, professeur à l'école de médecine, décoré... quoi de plus ? C'eût été la notoriété, la fortune, la considération : ce que rêvent la plupart des mères. Dans sa correspondance, elle soutenait son fils, étudiant sans fortune, dont la vie d'interne répétiteur connaissait peu de plaisirs. Les lettres de *Louis Bouilhet* datées de cette époque — et que nous publions plus haut — nous le montrent s'efforçant de prendre goût à la médecine, et rendant avec usure en affection tendre la sollicitude maternelle.

Les malentendus commencèrent vers 1845, quand *Louis* résolut d'abandonner la médecine et de devenir homme de lettres. *Mme Bouilhet* ne vit pas favora-

12*

blement cette résolution. La littérature n'enrichit guère ses gens et sollicite les jeunes imaginations avec une insistance malsaine... Non, ce n'était pas là ce qu'une mère de famille prudente, dans un milieu bourgeois, avait rêvé pour le bonheur de son fils.

Ces dissentiments s'aggravèrent lors de la publication de *Maelenis*, dont M*me* *Bouilhet* se trouva profondément choquée.

Ce jour-là, *Clarisse* ne se souvint pas qu'elle avait fait des vers et devait de l'indulgence à un confrère. — Il est vrai qu'il existe des différences assez sensibles entre le *Compliment à Monseigneur* et les compliments de *Maelenis* au gladiateur *Pentabolus*...

Probablement *Pierre Hourcastremé*

eût-il été plus indulgent, — et surtout
plus accessible à la beauté plastique de
la danseuse romaine ; il aurait reconnu
son sang dans le poète de 1852 qui rappelle, en effet, l'aïeul en plus d'un point.

Ce qui frappe chez *Hourcastremé*, c'est
la curiosité et la mobilité de l'esprit, c'est
la grâce et l'aisance de la composition.
Le petit-fils aussi est d'humeur vagabonde,
et le vers qui enlaçait tout à l'heure la
hanche de *Maelenis*, avec la même volupté
rampera dans le limon des mondes dis-
parus, pour s'envoler, papillon fantasque,
sur le décor bleu des potiches japonaises.
Bouilhet, à l'affût de toutes les inspirations,
se compare lui-même à un oiseleur :

Comme un aigrefin méditant ses crimes,
Sans perdre un moment, j'apprête en sournois

Un beau trébuchet fait avec des rimes,
Et j'attends, caché dans le fond des bois.

On pourrait poursuivre la comparaison entre nos deux auteurs.

Tous deux, — dans les madrigaux de l'aïeul ou les contes Chinois du petit-fils — versificateurs de race, ont un tour ingénieux pour le maniement des mètres, une poésie qui coule de source, glisse sous les barrages de la césure, ondule aux arêtes lustrées des rimes, sans rien de heurté ni de décousu.

Surtout « l'apprenty philosophe », qui « essaye » les problèmes de métaphysique, fait penser au goût de *Bouilhet* pour les synthèses historiques et les idées générales.

La parenté se retrouve donc sous la
diversité des époques, qui est grande.
Hourcastremé, cet ami de *Condorcet*, au
savoir d'encyclopédiste, grand amateur
de petits vers, qui *raisonne son catéchisme*
et se détend l'esprit à composer des ballets,
est un lettré de 1780 qu'on daterait aux
seuls titres de ses ouvrages. Tandis
que *Bouilhet*, dans le choix de certains
thèmes poétiques, traités en vers drus
et graves, avec des images d'une pré-
cision scientifique, se raccorde à *Leconte de Lisle*, ainsi qu'à *Taine* et
Renan, au point que, l'ayant lu, on puisse
dire sans hésiter : voilà un homme de
1850 !

Ainsi donc, dans l'une et l'autre filia-
tion, des hérédités nettement accusées

ont moulé l'esprit de *Louis Bouilhet*. La
famille avait façonné l'instrument dont
lui seul allait jouer en grand artiste.

INFLUENCE DE L'ENFANCE

CANY.

Le milieu de *Cany* a pesé sur les premières années poétiques de *Bouilhet*.
Louis ne s'en est pas dégagé sans meur-
trissure, aiglon dont on avait voulu couper les ailes, après une lutte dont le souvenir opprima souvent son vol.

A *Cany* vivent sa mère et deux sœurs.
Son père et son aïeul paternel sont
morts ; il est encore enfant quand *Hourcastremé* disparaît à son tour. — Pas un
homme ne reste au foyer pour détourner
les femmes de la pruderie dévote qui les
guette.

Aux côtés de Mme *Bouilhet*, et à elle
étroitement unie, apparaît la famille
Pessey. Nous voyons un M. *Pessey* maire
de *Cany*, régisseur principal du château et parrain généreux de *Louis*. Son
frère est curé de la paroisse voisine,
Vittefleur. Les *Bouilhet* leur doivent
beaucoup de gratitude ; l'aîné des deux
frères eut autrefois sous ses ordres le
père de *Louis*, et Mlle *Pessey*, leur sœur,
a fait un legs — modeste mais très
apprécié — en faveur de la famille
Bouilhet.

Nous lisons dans une lettre de *Louis* à
sa mère, en date du 26 août 1842 :

« Je m'empresse, ma chère maman, de
« te faire part de toute ma reconnaissance
« pour cette bonne demoiselle *Pessey*

« qui, sur son lit de mort, pensait encore
« à ses amis... Les obligations que nous
« avons envers cette charitable famille,
« dont nous reçûmes tant de bienfaits,
« s'en trouvent augmentées... Ah ! que
« mon père serait mort bien plus tran-
« quille s'il avait pu entrevoir dans l'a-
« venir toutes les affections qui devaient
« entourer ses enfants ! »

Le curé de *Vittefleur*, celui de *Cany*,
tous deux d'ailleurs très bons et respectables, occupent une grande place dans
la famille *Bouilhet*, auprès d'une veuve
heureuse de trouver leur appui.

Par le canal de M. *Pessey*, régisseur
principal, l'influence des *Montmorency*
rayonne sur la petite maison de leur
ancien employé. Les châtelains s'inté-

ressent — même pécuniairement — à
l'éducation de *Louis*, et leurs idées,
qu'on doit ménager, sont des plus conser-
vatrices.

Ajoutez au tableau, pour l'achever,
l'air confiné d'une petite ville qui lit peu,
vit posément, bavarde au soleil et fréquente régulièrement l'office. Le « petit
Louis » était une gloire locale. Prix
d'honneur du collège, il annonçait une
notabilité provinciale de premier rang.
On se le rappelait avec émotion accompa-
gnant ses parents à la messe, timide et
soumis, les yeux baissés...

Maelenis fut un coup de foudre dans le
ciel serein de *Cany* !

Qu'on se figure la promenade dans
Suburre de Mme *Bouilhet*, de l'abbé

Pessey et des nobles châtelaines.... Ils n'en croyaient pas leurs yeux. Offensée dans sa pudeur, Mme *Bouilhet* se sentit en outre gênée devant ses bienfaiteurs et ses amis Il y eut entre la mère et le fils un échange d'explications très vives.

Au mois de janvier 1852, *Flaubert* écrit à *Louise Colet :* « La mère de *Bouilhet*

« et *Cany* tout entier se sont fâchés contre

« lui pour avoir écrit un livre immoral.

« Cela a fait scandale. On le regarde

« comme un homme d'esprit, mais perdu.

« C'est un paria ! Si j'avais eu quelques

« doutes sur la valeur de l'œuvre et de

« l'homme, je ne les aurais plus. Cette

« consécration lui manquait ; on n'en

« peut avoir de plus belle : être renié de

« sa famille et de son pays (c'est très

13*

« sérieusement que je parle). Il y a des
« outrages qui vous vengent de tous les
« triomphes, des sifflets qui sont plus
« doux pour l'orgueil que des bravos. Le
« voilà donc sacré grand homme pour sa
« biographie d'après toutes les règles de
« l'histoire. »

Quand *Cany* fut revenu de sa surprise.
il fut décidé que Mme *Bouilhet* ferait
une suprême démarche pour obtenir le
renoncement de *Louis* à la littérature.
Elle lui laissait le choix entre la médecine
et le professorat. Mais le poète répondit
par une fin de non-recevoir si nette que
Mme *Bouilhet* comprit que toutes ins-
tances seraient désormais inutiles et
ne les renouvela plus, — sauf une fois,
peut-être, en septembre 1855, à *Paris*,

quand le poète désespérait de voir se lever son étoile : « Quant à ta mère, je lui en « veux, grognera Flaubert. Elle aurait « bien pu s'épargner les conseils qu'elle t'a « donnés et rester à Cany. C'était bien « le moment de te décourager encore « plus ! Malédiction sur la famille qui « amollit le cœur des braves, qui pousse « à toutes les concessions, et qui vous « détrempe dans un océan de laitage et « de larmes ! »

A la suite de ces événements, les relations entre la mère et le fils, sans être jamais rompues, se refroidirent sensiblement. Tout dans la conduite de Louis était devenu sujet d'étonnement ou de tristesse pour Mme Bouilhet. Quand elle vit le poète abandonner ses convic-

tions religieuses, elle fut désolée ; si elle
lisait *la Fleur rouge*, *Candaule* ou *Puberté*,
la Beauté nue, fût-elle rayonnante, trou-
blait ses regards ; l'indépendance de la
vie privée de son fils la froissait... Dans
la *bonne société* ne disait-on pas que *Louis*
avait *mal tourné ?* — Pourtant son
visage s'éclairait d'un sourire quand elle
apprenait par la gazette le succès triom-
phal de *Madame de Montarcy.*

Elle mourut en 1867, chargée d'inquié-
tudes pour le salut du poète, et recom-
mandant à ses filles de prier pour lui.

Rien de plus respectable, d'ailleurs,
que ces scrupules — même exagérés —
d'une âme maternelle. *Louis* le sentait
bien, et souffrait de cet antagonisme
entre la Muse et sa mère. Sensible par

nature, il était très attaché à la vie de
famille ; fils aîné, fils unique, il ne reniait
pas les devoirs qu'on lui reprochait d'oublier... C'était pour lui une loi, à laquelle
il ne manqua qu'une fois dans sa vie,
d'accompagner sa mère à l'office le jour
de Pâques. Pas un samedi il n'oublia de
lui écrire, et, plus tard, persévéra dans
cette habitude avec ses sœurs.

Ce milieu de *Cany*, dans lequel il
avait été élevé, ne pouvait manquer de
réagir sur *Louis Bouilhet*. Comme on le
voit, c'était un milieu honorable, mais
très provincial, à vues courtes, de maintien compassé. *Louis* garda toujours
dans la tournure quelque chose de son
chef-lieu de canton. Ce *Bouilhet* de
quarante ans, qu'on nous dépeint fami-

lier et sans façons, humant sa prise et se
mouchant dans un vaste mouchoir à car-
reaux, est un grand poète, ennemi de la
pose, qui aime l'art pour l'art ; c'est
aussi un homme d'origine modeste, d'é-
ducation bourgeoise, et un ancien répétiteur habitué à faire antichambre.

A vingt-cinq ans, *Bouilhet* avait senti
que sa poésie périrait d'anémie dans
l'atmosphère natale, et il s'en était évadé.
Mais ces controverses de famille qui, après
la mort de Mᵐᵉ *Bouilhet*, se conti-
nuèrent avec ses sœurs, l'avaient lassé et
attristé. — Jusqu'au dernier moment,
Sidonie, sa sœur aînée, affectait de traiter
Léonie en impure, refusait de mettre le
pied chez son frère, et parlait de *Philippe*
comme du fils naturel de *Bouilhet*, — ce

qui était une erreur, au témoignage de tous.

A la longue, *Louis* en prit de l'humeur contre ce qu'il considérait être dévotion fanatique, morale étroite et préjugés mesquins. Ces tiraillements intimes ne contribuèrent pas peu à l'éloigner des idées religieuses et sociales de sa famille, dans lesquelles il s'accoutuma à voir les adversaires impitoyables de son art, — observation capitale pour la psychologie de *Bouilhet.*

En même temps la crainte de déplaire, ou même de nuire à sa mère, qu'il continuait de respecter et de chérir, sans entrer dans ses vues, comprima sa carrière poétique. S'il osa encore tout écrire, il n'osa plus tout publier : ses poésies posthumes prouvent l'un et l'autre. Aux croyances de Mme *Bouilhet* fut épargnée la douleur de connaître l'*Abbaye* ou *la Colombe*.

Car telle fut la destinée de notre poète qu'il ne pût jamais prendre pleinement son essor. Un répétitorat besogneux, son intérieur pauvre, les représentations maternelles : tout lui fut une gêne. Son souffle, si puissant quand il s'épanche librement, en a gardé parfois quelque chose d'écourté. Ouvrez le petit volume édité chez *Lemerre* qui contient toute son œuvre poétique. Il n'y a pas moins de cent trente-huit thèmes différents, — et mis à part *Maelenis*, *l'Amour noir* et *les Fossiles*, — chacun traité en peu de strophes dont l'ampleur, la démarche

imposante, semblaient cependant promettre un long cortège. Trop souvent
le courrier de *Cany*, les exigences du
gagne-pain théâtral, le pas d'un élève ou
d'un fournisseur, ont dérangé la plume
qui dut tourner court.

INFLUENCE DE L'ADOLESCENCE

LE ROMANTISME.

Dès que *Louis Bouilhet* écrivit ses premiers vers, il eut une seconde famille, celle-ci littéraire, la famille romantique.

Il suivait alors les cours du lycée *Rouennais*. Le romantisme, à *Paris* sur son déclin, était encore tout-puissant en province sur les jeunes têtes des écoles, naturellement inflammables, dont *Flaubert* nous fait sentir la température :

« J'ignore quels sont aujourd'hui les rêves
« des collégiens, mais les nôtres étaient
« superbes d'extravagance, — expansions

14*

« dernières du romantisme arrivant jus-
« qu'à nous et qui, comprimées par le
« milieu provincial, faisaient dans nos
« cervelles d'étranges bouillonnements...
« Mais on n'était pas seulement trouba-
« dour, insurrectionnel et oriental : on
« était avant tout artiste ; les pensums
« finis, la littérature commençait, et on
« se crevait les yeux à lire au dortoir
« des romans ; on portait un poignard
« dans sa poche comme *Antony* ; on
« faisait plus : par dégoût de l'existence
« X... se cassa la tête d'un coup de pis-
« tolet, Z... se pendit avec sa cravate...
« Nous méritions peu d'éloges, certaine-
« ment ! Mais quelle haine de toute pla-
« titude ! quels élans vers la grandeur !
« quel respect des maitres ! comme on

« admirait *Victor Hugo!* » (Préface aux *Dernières Chansons.*)

Les premiers vers de *Louis Bouilhet* sont, à cet égard, un renseignement précieux, — et si j'en parle, c'est à cause de leur valeur documentaire, non parce qu'ils méritent individuellement de sortir de l'inconnu. Rares les hommes dont les coups d'essai sont des coups de maître, et ce serait rendre à un poète mauvais service, commettre en même temps la plus sotte des indiscrétions, que de publier sans discernement tous ses cahiers d'écolier. — Au contraire, il est d'un intérêt véritable de mettre en évidence les premiers germes de talent et de retracer le dessin juvénile d'une vocation littéraire.

Le cahier que j'ai feuilleté d'abord est

intitulé : *Essais lyriques, premières larmes.*
Ces œuvrettes, datées de 1838 et 1839,
ont donc été composées par Bouilhet
entre seize et dix-sept ans. Elles sont dé-
nuées de valeur. Rien de plus que travaux d'apprenti.

Beaucoup d'entre elles pastichent *Victor Hugo* qui régnait alors sans conteste
sur l'Olympe poétique ; par exemple, la
pièce intitulée *Soror* reproduit la cadence,
les mètres et jusqu'aux images de la poésie
célèbre : « Lorsque l'enfant paraît... » On
est frappé aussi de la profusion d'épigra-
phes et de citations qui révèlent une
forte éducation classique. — Romantique
dans ses tendances, classique dans ses
origines, à seize ans ne retrouvons-nous
pas déjà *Bouilhet* tout entier ?

Je ne retiens de *Premières Larmes* que
la dédicace, non sans esprit sous son
vieil françoys, et qui révèle déjà le tour
épigrammatique où se plaît le poète :

Ces vercelets que t'adresse ma muse
Moult bien connois que bons sont à demy.
Sur mon talent icy j'a ne m'abuse.
Mais les reçoys : c'est le don d un amy!

Oui, les reçoys ! Mais point ne les imyte,
Onques ne sois larmoyant ni marri !
Jamais n'esprouve ou pesne ou démeryte,
Cher compagnion : c'est le vœu d'un amy !

Un second recueil, intitulé *les Voix du
siècle,* a été composé de 1840 à 1843, dans
les heures fiévreuses de la vingtième
année. Il est sensiblement supérieur au
précédent, quoique bien loin encore de
Maelenis. Malheureusement, beaucoup de
feuillets manquent, arrachés probable-

ment par les scrupuleuses D^lles *Bouilhet*,
après la mort de leur frère.

Dans *l'Agonie du poète*, *Bouilhet* évoque
la touchante figure d'*Hégésippe Moreau*,
pauvre et délaissé, n'ayant qu'une sœur
de charité près du grabat où il agonise.
Dans son délire, le poète mourant entend
cette voix de femme, et demande un peu
d'amour, que la religieuse rougissante
lui promet au ciel.

Puis ce sont des imprécations — non
sans quelque grandeur — à *Deutz* qui
venait de trahir la *duchesse de Berry* :

Deutz ! un homme a passé dans l'histoire du
                                              [monde
Ainsi que toi, pétri de quelque fange immonde,
Serpent dont le baiser savait donner la mort,
Et qui vendit son maître aussi — pour un peu
                                              [d'or !

Mais il comprit, du moins, qu'il n'était qu'un
[infâme,
Mais il n'acheta pas des caresses de femme
Avec le prix sanglant du Dieu qu'il a vendu :
Rougis, lâche ! Judas, ton maître, s'est pendu !
(*Rouen, 24 octobre 1842.*)

On aime surtout à lire *le Départ pour
le cirque*, première incursion dans Rome
antique du poète de *Maelenis*, auquel le
latin était aussi familier que sa langue natale. — *Tacite* et *Juvénal*, dont le style
roide et ronflant, nous dit *Flaubert*, rappelait sa manière, étaient ses auteurs
favoris.

Voici ces vers, qui ne seraient pas in-
dignes de la maturité de *Bouilhet* :

Le Départ pour le cirque.

Esclaves, mes plus fines toiles,
Mes bijoux et mes ornements !

Et, comme de blanches étoiles,
Faites sous l'ombre de mes voiles
Jaillir le feu des diamants !

Parfumez mes tresses d'ébène
Avec l'amphore de cristal :
Aujourd hui, dans l'antique arène,
César, à la cité romaine,
Donne un spectacle impérial !

Pour que ma beauté s'y reflète,
Penchez l'acier de ce miroir.
Bien ! — ces fleurs encor sur ma tête !
— Aux lions africains on jette
Plus de trois cents chrétiens, ce soir !

Vite ! ô ma suivante fidèle,
Mes bracelets mes colliers d'or !
L'heure s'enfuit à tire d'aile...
Et je veux être la plus belle
A cette fête de la mort !

Qu une pâle fille d'Athènes
Garde son luth harmonieux !
Mais nous autres femmes romaines,

Nous osons voir, sans terreurs vaines,
Le sang qui jaillit sous nos yeux.

Renouez mon manteau qui traîne,
Et puis — pour jouer sur mon sein —
Donnez-moi ma vivante chaîne,
Mon serpent de race africaine
Dont la dent n'a point de venin.

Qu'importe que dans la poussière
Palpitent des membres tremblants?
Avec sa flottante crinière
Il est si beau, dans sa colère,
Le lion aux regards sanglants !

Pourtant, j'ai l'âme douce et bonne,
Sensible à toutes les douleurs :
Une fleur que la faux moissonne,
Un nid que la mère abandonne,
Un oiseau, m'arrachent des pleurs.

(*Septembre 1842.*)

Après avoir exhalé la passion des patri-
ciennes pour les jeux cruels, *Bouilhet* se

repose l'âme sur l'image touchante des morts qui vivent toujours, et il écrit *A une mère :*

> L'enfant qui n'est plus, c'est la brise aimée
> Qui dans les rameaux se glisse le soir !
> C'est la fleur penchant son urne enbaumée
> Au bord de la route où l'on vient s'asseoir...
>
> . . . .
>
> C'est un petit bras qui vers nous se penche
> Pour aider la mère à monter aux cieux.

(Avril 1843.)

Le recueil se ferme sur une longue composition, *le Chant de la mort,* qui se ressent largement de l'influence de *Rolla.* Le poète s'y représente excédé d'une vie dont il s'apprête à couper le fil, quand le souvenir de sa mère désarme mystérieusement son bras :

O ma mère, pourquoi m'as-tu donné le jour?
Je sens ma volonté périr dans ton amour...
Ma mère ! ô souvenirs, ô rêves de l'enfance !
Quel est ce doux berceau qu'une chanson ba-
[lance?

. . . .

Heureux qui sent un bras l'attacher à la terre !
Heureux qui peut jeter le doux nom de sa mère
Entre la douleur et la mort.

(Mai 1843.)

Faut-il prendre ces vers au sérieux, ou ne sont-ils qu'un thème littéraire? *Werther*, *René* et *Rolla* avaient versé le suicide comme un poison dans le sang des jeunes hommes, et toute une généra- tion s'est excitée sur le revolver. — *Flau- bert* avoue qu'au lycée cette mélancolie romantique fit sauter deux jeunes cer- velles. D'ailleurs, l'idée la plus fugitive se cadence naturellement dans le cerveau des poètes. Rien qui ne leur soit prétexte à rimes, comme les financiers font argent de tout. Deux choses paraissent certaines : Si *Bouilhet* n'a jamais été découragé jusqu'à mourir, — sentant ses croyances et ses illusions s'évanouir, astreint au dur métier de répétiteur, il a eu cependant des heures de grand dénûment matériel et moral — et l'image de sa mère restée veuve et chef de famille l'a souvent soutenu.

En dehors de ces deux recueils, les poésies détachées ne sont pas rares dans l'œuvre que nous avons sous les yeux. La fécondité poétique de *Bouilhet* reste à *Rouen* légendaire. Sur son bureau, toute page blanche ou demi-blanche recevait

une confidence de la Muse ; adolescent,
il crayonnait des vers, comme enlumi-
nures, dans les marges de ses livres ou
sur la couverture de ses cahiers.

Ainsi, au verso d'un devoir de philosophie, je lis cinq strophes : *Le jeune Mourant,* au mérite desquelles suffit une
brève mention, mais qui durent profondément émouvoir, vers 1842, les rhéto-
riciens du lycée de Rouen. Toujours cette
incurable hantise du cimetière, où se ca-
ractérise une époque !

Flaubert a écrit dans la préface des
Dernières Chansons : « Au lycée de *Rouen,*
Louis était le poète, poète élégiaque,
chantre de ruines et de clairs de lune.
Bientôt la corde se tendit et toute lan-

15*

gueur disparut, — effet de l'âge, puis
d'une virulence républicaine tellement
naïve qu'il manqua, vers les vingt ans,
s'affilier à une société secrète. »

C'est à cet état d'esprit que remonte
une satire, virulente en effet, décochée
aux gros bonnets du négoce anoblis par
Louis-Philippe.

Tous, pages aux cheveux blonds, marquis à
[l'habit rose,
Ceux de quatre-vingt-treize ou de mil huit cent
[deux,
Esprit, grâce ou fierté, tous avaient quelque chose
Dont le monde longtemps se souvint après eux.
Mais lui, qu'a-t-il gardé, le lion ridicule,
Le Richelieu bourgeois, le Don Juan roturier.
Grotesque conquérant à la barbe d'Hercule,
Marquis de Carabas dont le père est meunier ?
Dites, quel est son droit ? quel laquais en dé-
[mence
Sur des coussins de pourpre enivra son enfance ?

Au peuple, que son char éclabousse en chemin,
Quel blason montre-t-il sur un vieux parche-
[min ?
Lui, qui siffla jadis les marquis d'un autre âge,
Lui, que berça Juillet au branle d'un canon,
Valet qui des grandeurs a fait l'apprentissage,
Insolent, moins l'esprit ! — orguéilleux, moins
[le nom !
Allons, barons marchands, nobles fils de fa-
[mille,
Secouez au soleil la poudre du comptoir,
Etalez vos couleurs, blasons de pacotille,
— Cannelle sur azur, — pain de sucre en sau-
[toir !
Vous n'atteindrez jamais à l'aristocratie,
Et toujours, Messeigneurs, malgré vos airs
[galants,
Vos grands pieds perceront sous la botte vernie,
Vos grosses mains feront éclater vos gants
[blancs !

Cette poésie, — avec de légères va-
riantes et considérablement augmentée —

a été publiée dans *Festons et Astragales*
sous ce titre : *le Lion*. Ce n'est pas la seule,
à côté de purs chefs-d'œuvre, qui trahisse
la jeunesse de l'auteur dans un recueil où
Bouilhet a laissé passer des vers comme
ceux-ci :

J'enviais dans mon cœur les jours de la jeunesse,
Les transports, les serments et donnés et repris,
Cette félicité qu'ont avec leur maitresse
Les beaux étudiants, dans leur chambre, à Paris.
  (*Festons et Astragales : Au temps que j'étais pur.*)

La poésie dramatique n'est pas oubliée
dans ces essais de jeunesse. Je trouve un
drame en vers, *Giorgio Biarri.*

La pièce devait avoir cinq actes ; un
seul a été composé.

Je cite textuellement : « Le théâtre représente une grande salle gothique, —

croisées et ogives ; — des armures, des casques sont appendus aux lambris. Au milieu de la salle, une table environnée de chevaliers et de varlets. Le festin touche à sa fin. Le sire d'*Alcour* est placé au centre de l'assemblée ; à sa droite, la châtelaine ; — à gauche, *Blanche*, le chevalier *Damry*, le chevalier *de Beauval* et le père *Antonin*. — Sur le premier plan, un troubadour avec une mandoline à la main. »

Comme on le voit, c'est le décor obligé d'un drame moyenâgeux, et le régisseur n'aura pas à se mettre en peine de nouveaux accessoires. Quant au sujet, il tient en quelques mots : le sire d'*Alcour* a une fille, *Blanche*, qu'il mariera au chevalier vainqueur du tournois qu'on

prépare. *Blanche* ne se sent de tendresse
pour aucun des seigneurs ; l'un d'eux,
Damry, lui est même violemment anti-
pathique. — Un manant, *Giorgio Biarri*,
emprunte les armes d'un chevalier vaincu
et entre en lice à son tour au moment
où *Damry* a terrassé tous ses rivaux. —
L'acte finit là, mais il est aisé d'achever
la pièce : *Giorgio Biarri* fera mordre la
poussière à *Damry* ; il épousera *Blanche*
après maintes controverses de famille, et
le père *Antonin*, à la barbe décorative,
bénira leur union.

Giorgio Biarri — pièce classique du
collégien en mal d'enfant — n'est qu'un
infime épisode dans la vie littéraire de
Bouilhet, mais présente quelque intérêt
pour la genèse de sa formation drama-

tique. Déjà, il tire avec adresse les ficelles de ses personnages ; son théâtre — pauvre de psychologie — a du moins de la vie et de l'action.

Il faut mettre à part deux poésies qui témoignent d'un faire singulièrement plus habile, et se rattachent à la maturité de l'auteur. L'une est le premier manuscrit de la pièce intitulée *les Rois du monde*, qui parut dans *Festons et Astragales*. Ici, elle ne porte ni titre ni dédicace, mais seulement ces mots pour épigraphe : *Memento quia pulvis es !*

Les rois du monde, ce sont *les vers*, qui se nourrissent dans la pourriture des tombeaux et labourent sans cesse les entrailles de la terre. Entre le manuscrit et la typographie peu de différences, si ce

n'est quelques heureuses retouches, et la
strophe suivante, qui manque à l'édition
originale où elle occuperait le troisième
rang dans le paragraphe 3 :

La nature pour nous aux sources de la sève
Plonge ! — et, heurtant sa vague aux bords silen-
[cieux,
Chaque siècle, à son tour, comme un flot sur la
[grève,
Nous jette, en se brisant, ses hommes et ses dieux!

La seconde pièce mérite d'être citée
intégralement ; pas plus que *le Départ
pour le cirque* elle ne figure dans les
œuvres complètes du poète, éditées chez
Lemerre. *L'Échappée*, tel est son nom.

L'Échappée.

C'était une pelouse, au tapis de verdure,
Doucement inclinée entre deux bois touffus,

Où, parmi les parfums, la voix de la nature
Abandonnait au vent ses mille bruits confus !

Tout un monde vivait et bruissait dans l'herbe :
Le lézard inquiet aux changeantes couleurs,
L'abeille au doux travail, — le papillon superbe
Trempait son aile peinte au calice des fleurs !

La fauvette chantait, dans les feuilles perdue ;
La mouche secouait son corsage vermeil,
Tandis qu'au bout d'un fil, mollement suspen-
[due,
L'araignée aux longs bras se berçait au soleil !

Et là je vins m'asseoir, courbant mon front
[qui pense,
Sous l'ombrage incertain des coudriers trem-
[blants,
Écoutant, et parfois regardant en silence
La violette bleue et les liserons blancs !

(*Pas de date.*)

Quelle fraîcheur dans cette bucolique !
— Ce n'est qu'une flânerie, une *échap-*

pée du regard, mais ce coin d'ombre n'est-il pas vu avec chacun de ses hôtes minuscules, « le lézard inquiet », « l'abeille au doux travail », « le papillon superbe », peints en trois traits avec une vérité remplie de grâce ?

Ce sont mieux que les prémisses d'un talent en herbe. La tige est robuste, l'épi déjà noué : la moisson est proche.

Mais si l'on retranche nos deux poésies et qu'on excepte *le Départ pour le cirque*, on ne trouve dans ces premiers vers qu'un prétexte à remuer le prestigieux bric-à-brac romantique. Moyen âge, ver de terre amoureux d'une étoile, diatribe contre les bourgeois, apostrophe grandiloquente aux traîtres, mélancolie poussée jusqu'au suicide... rien n'y manque.

Celui qui les écrivit est l'élève, trop appliqué, de *Hugo* et d'*Alfred de Musset*, et, dix ans plus tard, en 1852, il aura gardé si fidèlement dans l'oreille la coupe, les rythmes et la manière de ses maîtres que l'opinion égarée ne verra en l'auteur de *Maelenis* qu'un copiste.

Son originalité ne deviendra éclatante qu'en 1854, avec *les Fossiles*.

Le grand poète des *Fossiles*, il faut l'avouer, ne se laisse pas encore pressentir dans les essais que nous avons fini de lire. Vers 1840, *Bouilhet* rime des études d'atelier ou griffonne sur ses livres de classe ; il forge sa langue. A vingt ans, à peine compose-t-il encore d'après nature. Il est bien loin du talent de *Musset* ou de *Hugo* à pareil âge...

Mais déjà, il est poète de goûts, de cœur et d'aspirations.

C'est même une chose remarquable que si la vocation poétique, l'amour du métier, se sont affirmés très rapidement chez lui, — ainsi que le prouve sa correspondance jusqu'alors inédite, — il n'ait acquis que lentement la connaissance profonde de son outil, la maîtrise de son art. Il a fait tardivement des beaux vers.

Aussi est-ce encore un intérêt de ces lectures de nous faire mesurer le bond prodigieux du talent de *Bouilhet* entre 1842 et 1854, quand l'homme se sera évadé de son hugolâtrie, que sa pensée intempérante se sera refroidie dans les salles de dissection, condensée dans le positivisme de *Flaubert*, et qu'il aura pris conscience assez nette du monde pour mesurer la petite place qu'occupe un individu.

Les poésies que nous venons d'analyser, sans ajouter rien à sa gloire, montrent du moins à quel point le romantisme l'avait profondément marqué à ses débuts.

Sachant combien la prise était forte, on appréciera mieux l'effort qu'il dut faire pour se dégager, quand le jeune auteur des *Essais lyriques*, si plein de ce qu'il sent, — devenu celui des *Fossiles* ou de *la Colombe*, uniquement attentif à ce qu'il voit, — eut dispersé son moi débordant dans le poudroiement de ce même

16*

soleil, pour lui maître et seul Dieu de l'Univers, qui plonge et aspire tour à tour les continents au fond des eaux.

Et puisque *classique* s'oppose à *romantique*, si l'art impersonnel est aussi celui des classiques, *Bouilhet* mûrissant se rapprochera ainsi de notre XVII° siècle et de l'antiquité gréco-latine... Non pas qu'une distance infranchissable ne sépare les écrivains du grand roi et lui. Sans doute faut-il compter avec la différence d'air entre leur *Versailles* et son *Paris*. Il y a dans la façon racinienne d'observer et surtout d'ordonner les observations acquises un traditionnalisme religieux, politique et social, un souci de tenue qui n'est pas seulement littéraire, dont *Bouilhet* est affranchi. Mais, si revenir à l'imitation de la nature, s'effacer pour la mieux voir, concentrer ce qu'on en a vu, l'exprimer dans une langue claire et forte, préférer le mot qui illumine l'esprit à celui qui impressionne les sens, si tout cela, c'est la règle même, *le canon* du grand siècle, nous pourrons bientôt dire de *Bouilhet* qu'il devint dans une égale mesure « un classique ».

INFLUENCE DE JEUNESSE

L'HÔTEL-DIEU.

Nous avons vu que *Bouilhet* appartenait par son père à une famille de chirurgiens. Chirurgien, son bisaïeul, *Jean Bouilhet* ; chirurgien, son trisaïeul, *François Bouilhet* ; chirurgiens, ses oncles de *Nogaro.* Les études médicales avaient donc modelé la mentalité de sa race avant que des travaux personnels aient développé chez lui l'hérédité latente.

Le substratum de toute éducation médicale est une revision approfondie des sciences physiques, chimiques et naturelles. Comme les autres étudiants, *Bouil-*

het « fit ses P. C. N. ». L'histoire naturelle du monde lui découvrit ses paysages
antédiluviens et son animalité fossile.

Ensuite vinrent les études médicales
proprement dites qui furent sérieuses,
assidues, — et pouvaient-elles ne pas
l'être avec un maître comme le père *Flaubert* ? « Le Dʳ *Flaubert*, écrit un témoin
« dans *la Chronique médicale*, avait ins-
« tallé un laboratoire au rez-de-chaussée
« de son logement à l'Hôtel-Dieu. Chaque
« jour il y donnait à son fils *Achille*, sur
« le cadavre, une leçon d'anatomie. *Gus-
« tave* assistait à cette démonstration avec
« *Bouilhet*, alors jeune étudiant. »

Celui-ci avait pour son professeur une
profonde admiration mêlée d'une certaine
crainte révérentielle. Jamais, nous dit

Philippe, il n'aurait osé quitter la médecine du vivant du père *Flaubert.* Avec un tel général, cela lui aurait semblé une désertion. C'est que le Dr *Flaubert* considérait son art comme un sacerdoce et, s'élevant au-dessus des simples thérapeutes, reliait la médecine aux autres sciences, les conditionnait l'une par l'autre, et, les agrégeant en un seul faisceau, en tirait une philosophie générale. Elève de *Cabanis,* il voulait transporter dans l'étude de l'âme la méthode des sciences physiques.

Le père *Flaubert* mort, *Bouilhet* se sentit redevenu libre. Depuis, à la différence de son ami *Gustave,* il ne regretta jamais la médecine, emporté qu'il était par une irrésistible vocation poétique.

Mais, maintes fois, dans différentes
circonstances de sa vie, il se souvient
d'avoir tenu la lancette, par exemple en
1847, lorsqu'il compose, en collaboration avec *Gustave Flaubert* et *Maxime
du Camp*, une tragédie intitulée *Jenner,
ou la découverte de la vaccine*, et le choix
d'un tel sujet suppose un fonds solide de
connaissances techniques.

Les comparaisons médicales viennent
naturellement sous sa plume : « S'il vous
« arrive de bien écrire, on vous accuse de
« n'avoir pas d'idées !... Pas d'idées, bon
« Dieu ! il faut être bien sot pour s'en
« passer au prix qu'elles coûtent ! O
« médiocratie fétide, vomissements éco-
« nomiques, produits scrofuleux d'une
« nation épuisée... je vous hais de toutes

« les puissances de mon âme! Vous n'êtes
« pas la gangrène, vous êtes l'atrophie !
« Vous n'êtes pas le phlegmon rouge et
« chaud des époques fiévreuses, mais
« l'abcès froid aux bords pâles, qui des-
« cend, comme d'une source, de quelque
« carie profonde ! » (Page rapportée par
Flaubert dans sa préface aux *Dernières
Chansons.*)

Gustave Flaubert, pour composer
Madame Bovary, faisait souvent appel aux
connaissances pathologiques de son ami.
Avant d'écrire l'épisode de l'aveugle
mendiant dans la côte de *Neufchâtel*, il
lui mande : « Si tu n'as pas assez dans ton
« sac médical pour me fournir de quoi
« écrire cinq ou six lignes corsées, puise
« auprès de *Follin* et expédie-moi cela. »

Plusieurs années d'hôpital et les doctrines philosophiques du père *Flaubert*
n'avaient pas été sans laisser leur em-
preinte sur l'esprit de *Bouilhet*. Près du
lit des malades, les yeux qui scrutent
développent leur sens d'observation ; au
contact des cadavres, un jeune sang se
refroidit ; la méthode inductive, qui remonte des faits aux causes, conduit l'esprit à contracter une discipline spéciale.
René Dumesnil, dans sa curieuse étude
sur *Flaubert*, remarque justement « que
« la pratique de certaines sciences ou
« l'exercice de certaines professions com-
« munique à ceux qui s'y consacrent une
« tournure d'esprit particulière qui crée
« entre eux quelque ressemblance de ca-
« ractère et comme un air de famille. Il

« existe une véritable psychologie col-
« lective ; les médecins, par exemple,
« grâce au mode identique de déve-
« loppement et de culture de leur esprit,
« et quelles que soient leurs opinions
« personnelles, ont tout au moins la
« même manière d'envisager certaines
« questions et certains problèmes, parce
« qu'ils appliquent dans la vie les procé-
« dés de leur art,— et ne peuvent penser
« exactement comme le feraient des
« soldats ou des commerçants. Cette
« modification professionnelle de l'esprit
« crée de véritables familles électives
« dont les éléments, groupés selon leurs
« affinités, ne diffèrent les uns des autres
« que par les détails et ont à proprement
« parler une mentalité collective. »

On ne pourrait mieux dire. Reste seulement à savoir, (en creusant un peu plus
avant), si le choix d'une carrière, et par con-
séquent l'acte de s offrir à telle ou telle discipline intellectuelle, n'est pas lui-même
en fonction de la variété naturelle des
esprits.

Quoi qu'il en soit, le positivisme semble
être l'aboutissement très général d'une
éducation purement scientifique : à force
d'habiter l'expérience, le physicien, le
médecin, le chimiste, finissent par s'y
enfermer ; ils ignorent ou ils nient tout ce
qui dépasse le contrôle des sens, et c'est
une observation courante que l'accepta-
tion d'une révélation surnaturelle, ou
seulement de doctrines métaphysiques, est
plus rare dans leur famille intellectuelle

que chez les intelligences adonnées aux lettres ou au droit.

Il ne fait pas de doute, par ses œuvres, par les confidences de *Philippe*, que *Louis Bouilhet* était positiviste et naturaliste.

M. *Brunetière* a défini le Positivisme « la réduction à ses principes philosophiques de la doctrine dont le Naturalisme est l'expression d'art ». — Mais nous employons ici le terme « *Naturalisme* » dans son sens le plus compréhensif : système de ceux qui considèrent la Nature comme premier principe et rejettent une intervention « *surnaturelle* » dans la création et le gouvernement du monde.

Aux yeux du poète s'étendait immense le domaine de l'incognescible, où il ne se croyait le droit de rien affirmer,

parce qu'il ne pouvait rien expérimenter.
Dieu actuel n'est donc qu'une hypothèse,
et si, au cours des âges, un lointain
devenir manifeste une conscience dans
l'univers, ce sera Dieu immanent, impersonnel, bien loin du puéril anthro-
pomorphisme des religions humaines.
Quid de l'âme ? demandera-t-on. —
C'est une faculté et non un être, avait
répondu *Cabanis.* L'âme, telle que l'entend le dualisme spiritualiste, où com-
mence-t-elle ? où finit-elle ? quand
s'éveille-t-elle chez l'enfant ? quand s'é-
vade-t-elle chez le mourant ? *Bouilhet*
aurait volontiers ajouté comme *Flaubert :* « Ce mot *âme* fait dire presque
« autant de bêtises qu'il y a d'âmes. »

La vie future ? — Hypothèse aussi,

puisqu'elle se dérobe à l'expérience, et
hypothèse peu plausible telle que nous la
formulons. Car ce que nous avons devant
nous, c'est le grand *Pan*... Rien ne s'y
crée, rien ne s'y perd, mais tout s'y cor-
rompt. L'homme lui-même, poussière
cosmique, parcelle du monde et non
centre du monde, est roulé dans le courant de la sève universelle qui, chaque
jour, procrée et dissout d'innombrables
formes de vie.

Toute forme s'en va ; rien ne périt ; les choses
Sont comme un sable mou sous le reflux des
[causes ;
La matière mobile, en proie au changement,
Dans l'espace infini flotte éternellement ;
La mort est un sommeil où, par des lois pro-
[fondes,
L'être jaillit plus beau du fumier des vieux mondes.

Tout monte ainsi, tout marche au but mysté-
[rieux ;
Et ce néant d'un jour, qui s'étale à nos yeux,
N'est que la chrysalide aux invisibles trames,
D'où sortiront demain les ailes et les âmes.

(Les Fossiles.)

C'est la grandiose et implacable philosophie de *Lucrèce*, qui fauche les espoirs
de survie individuelle et les jette dans le
giron de la Nature, mère universelle,
aux mamelles toujours pleines, qui n'a
pas eu de commencement et n'aura
jamais de fin.

Sans doute, si l'on analyse chaque vers
des *Fossiles*, M. *Angot* a fait remarquer
que *Bouilhet* paraissait avoir commis de
nombreuses erreurs scientifiques. Retar-
dant sur les éminents biologistes de son

époque, « il n'admet pas l'évolution d'un
seul germe, et ne connaît ni *Lamarck* ni
Geoffroy Saint-Hilaire, prédécesseurs de
Darwin et de *Hæckel*... La concurrence
vitale, la force de l'hérédité, la sélection
naturelle, n'apparaissent nulle part dans
son œuvre. En somme, disciple plus ou
moins infidèle de *Cuvier*, il est *création-
niste*, mais il se rallie à l'idée d'une création discontinue. L'homme serait apparu
après tous les autres êtres, pour être lui-
même remplacé par un surhomme, sans
lien héréditaire avec lui. »

Mais ce qui nous importe surtout, au-
dessus de ces détails de conception, ce
sont les tendances intellectuelles de l'auteur et le choix du sujet.

Les *tendances intellectuelles* d'abord

— qui révèlent l'œuvre d'un positiviste naturaliste, et vont nous faire comprendre le rôle joué par *Bouilhet* dans l'histoire rationnelle de la littérature.

Vers le milieu du XIXe siècle, l'esprit positiviste, en effet, détermina une réaction contre le romantisme. Ce fut le *réalisme*, dont l'influence se fit sentir chez *Flaubert* qui devint un des chefs de la nouvelle école. *Bouilhet* devait être atteint un des premiers par cette réaction, lui que ses études médicales avaient rendu bon conducteur du courant positiviste. Il faut s'affranchir autant que possible de son moi, pour montrer les choses telles qu'elles sont, disent les réalistes ; le grand art est impersonnel. A leur exemple, *Bouilhet* réprime son émotion, et risque d'être accusé de froideur. Au lieu de se jeter tout entier dans ses vers, avec ses douleurs, ses espoirs, ses aspirations, le poète chante la nature, la beauté, *Rome* antique, la *Chine* moderne, mais presque jamais ne parle de lui-même, de ses douleurs ou de ses joies. Il donne la main aux *Parnassiens*, qui seront, eux aussi, des impassibles. Réalistes et parnassiens datent de la même époque et s'apparentent à une source commune. Les parnassiens avaient pris pour tâche de défendre la poésie contre *les pleu-rards imbéciles*, et *Bouilhet* sera moins que tout autre *un pleurard*, parce qu'il reste réfractaire aux « exhalaisons d'âme » dont se gausse *Flaubert*.

C'est grand dommage, penseront cer-

tains, car un poète, au contraire, est tenu
de mettre son âme en vers sous peine de
se couper les ailes. Mais *Bouilhet*, drapé
dans son manteau, ne se découvre jamais.

Oui, j'ai su votre mal, ô faiseurs d'élégie !
Et par mon cœur qui saigne averti que j'aimais,
J'ai blanchi bien des nuits aux feux de mes bou-
[gies,
Mais j'eus cette pudeur de n'en parler jamais.

(*A une femme.*)

Et voilà celui qu'on accuse d'avoir
imité les grands « *faiseurs d'élégie* »,
Lamartine et *Musset* !

Précurseur au contraire, il montre
leur voie aux *Parnassiens*, comme lui
poètes sonores et impassibles, comme
lui sans autres dieux que la nature,
pendant que *Flaubert* entraîne sur ses

pas *Zola* et *Maupassant*. Ainsi — et ce
n'est pas là qu'une boutade — le courant positiviste et naturaliste, qui im-
prégna notre littérature pendant la
seconde moitié du siècle, prit-il une de
ses sources dans la petite salle de dissection du père *Flaubert*.

Pour le choix des *thèmes poétiques*, les
études scientifiques de *Bouilhet* font encore
une fois sentir leur influence. Il se souvient du mot de *Flaubert* : « L'histoire et
« l'histoire naturelle sont les deux muses
« de l'âge moderne ;... par elles on entrera
« dans les mondes nouveaux... » Notre
poète revient à ses notes d'étudiant,
cherche des inspirations dans *Cuvier* et
Cabanis. Par ce qu'elles comportent d'in-

connu, l'histoire du monde et celle de
l'homme laissent une grande part à l'imagination, donc à la poésie. Ce que l'esprit
ne sait pas, il l'*imagine*, soit qu'il parcoure
avec *Bouilhet* la désolation des paysages
antédiluviens, soit que, traversant l'infini
de l'éther, il monte au Zénith, avec *Sully
Prudhomme*.

Philosophe positiviste, d'éducation
scientifique, *Bouilhet* jette sur le monde
un regard hautain ; il raconte la naissance
de la terre, le déclin des religions ; il
pense ses œuvres les plus hautes : *la Colombe, les Fossiles, l'Abbaye...*

Mais, en écrivant, son imagination s'en-
flamme devant les ténèbres et le ciel vide
qui ferment son horizon. Le poète ne
s'attendrit pas sur lui-même ; il apos-

trophe les dieux fantômes, met tout son espoir en la nature, et salue dans l'avenir les surhumanités nouvelles ; ce n'est pas une harpe qui pleure, c'est une trompette qui résonne... Si l'atmosphère de l'Hôtel-Dieu a anémié le lyrique, il nous reste du moins un grand poète épique.

On pourrait dire de lui, en modifiant un peu le mot de *Saint-René-Taillandier* sur Flaubert : « C'est un positiviste épique. »

La langue poétique de *Bouilhet* suit la même évolution ; dans *les Fossiles* ou *la Colombe*, elle s'amplifie sans peine à la mesure des vastes ensembles. Altière, nombreuse, avec quelque chose d'héroïque sous un pli d'amertume, elle allie

18*

la majesté de l'histoire à la gravité de la philosophie.

L'élégie, l'épithalame, la barcarolle, s'en accommoderaient mal, et, — remarquez ceci : quand le poète s'apitoie, il choisit un luth de huit cordes (*le Crapaud, Larmes de la vigne, Démolitions, Neiges d'antan, le Bois qui pleure, A la lune, Berceuse philosophique*, etc.), — ou quand il raille, au vers de sept pieds il ajuste sa pensée, qui, sur ce nombre impair, prend un air sautillant et moqueur (*Chanson d'amour, Chronique du printemps, le Poète aux étoiles, Serait-ce vrai, ma belle? Première ride, Gelida, Au tonneau d'Heidelberg*). Mais dans la grande généralité de ses pièces il revient à l'alexandrin, dont les longues théories donnent à son œuvre une so-

lennité qui déroute un peu le lecteur con-
temporain.

Depuis *Bouilhet*, le symbolisme a fait
sentir son influence, mais on chercherait
en vain chez notre poète ce vers fluide,
impondérable, plus près de la musique
que de l'écriture, qui *ne veut rien dire*
et suggère tant de choses dont l'impréci-
sion se prolonge en rêverie, — le vers
femelle, berceur et caressant, auquel s'a-
bandonnent si voluptueusement nos
raffinements et notre névropathie.

A l'antipode de celui-ci, le mètre de
Bouilhet, alexandrin toujours nourri de
pensée sous un ferme contour, reste le
type du vers *mâle, épique*, — répétons
ici le mot, — que seul l'homme peut ma-
nier, comme seul il soulève les lourdes

armes guerrières. Semblable à ces « heau-
« mes de parement », à l'acier repoussé
et damasquiné, où respire l'art des vieux
armuriers milanais, c'est de la force tra-
vaillée en beauté.

Le moment était venu de mettre en
lumière cette évolution du poète, si ses
études médicales n'y sont pas étrangères
L'auteur des *Fossiles* est contenu pour
beaucoup dans le mélange d'une vocation poétique et d'une éducation scientifique.

INFLUENCE DE L'ÂGE MUR

FLAUBERT.

L'amitié de *Flaubert* et de *Bouilhet* est presque devenue un lieu commun.

Elle date du lycée, où le boursier de *Cany* et le fils du chirurgien s'étaient plu dès la première causerie. A peine est-il besoin d'ajouter que la littérature en avait fait tous les frais.

Leur amitié devait toujours rester très littéraire et quand, en 1860, *Flaubert* étant parti à Paris faire ses études de droit, *Bouilhet* restait solitaire en province, le jeune étudiant se consolait par des épîtres rimées à l'adresse de l'absent.

Voici l'une d'elles — inédite — que je retrouve dans la correspondance de *Louis Bouilhet* avec sa mère. Ce compliment du 1ᵉʳ janvier se ressent sans doute de la hâte avec laquelle il fut écrit, mais déjà quelles effusions d'amitié! — « Ces « jours derniers, j'ai écrit à *Gustave*, sans « toutefois lui envoyer les vers sur le sujet « qu'il me demandait. Je l'en ai dédom- « magé en lui rimant une épistole avec vi- « gnettes et culs-de-lampe; je lui dis entre « autres choses :

Oui, mon cher, je me pique
De te donner pour prix de mon retard fatal
Des vers ! — Eh ! le remède est pire que le
[mal !
Je le sais, et souvent d'en faire je me garde.
Est-ce ma faute, à moi, si ma Muse est ba-
' [varde ?

Elle est femme après tout ! et puis, quand les
[esprits
Sont à sec, — et l'on voit cela même à *Paris*,
Une bêtise en vers que le mètre cadence
Se donne un air d'idée et se pose en sentence !

. . . .

Maintenant, cher ami, que tu connais la cause
Qui me fait préférer les rimes à la prose,
Je poursuis mon chemin, — et d'abord je te veux
Apporter en tribut mes souhaits et mes vœux :
C'est ainsi qu'en ce mois agit tout honnête
[homme.
A vrai dire, la tâche est difficile ; et comme
Je jouis, grâce au ciel, d'un ami très parfait,
La bonne intention doit passer pour le fait !
Que diable aussi ! pourquoi n'avoir rien que
[l'on puisse
Te souhaiter ? et rien qu'en toi ne réunisse
Des destins conjurés l'abondante faveur :
Esprit, santé, talents, bons sentiments du cœur ?
Un ami tel que toi suffit, je te le jure,
A mettre au jour de l'an vingt rimeurs en torture !
Mais ce qui me retire une épine du pied,
C'est qu'entre nous, vois-tu, grâce à notre amitié,

LOUIS BOUILHET   19

Tout est commun : bonheur, gloire, amour.
                              [espérance !
D'où découle ceci — c'est logique, je pense,
Qu'une part des défauts que le sort m'a donnés
Te revient à bon droit et te pique le nez ! —
Mouche-toi !

Comme on le voit, épître badine d'un auteur qui ne sait pas cacher son âge ; elle nous prouve cependant, contrairement à ce qu'on avait pu croire, que *Flaubert* et *Bouilhet* ne s'étaient jamais perdus de vue depuis le collège.

On devine donc, après le retour de *Flaubert* à *Rouen* en 1845, avec quelle joie ils se retrouvèrent. C'est à cette époque que *Bouilhet* se consacra résolument à la littérature, et l'influence de son ami, s'ajoutant à la mort du

Dr *Achille Flaubert,* en janvier 1856, ne fut sans doute pas étrangère à cette détermination.

Poète et romancier ne devaient plus se quitter, sauf pendant les voyages de *Flaubert* et les séjours de *Bouilhet* à *Paris* ou à *Mantes,* entrecoupés d'ailleurs par les fréquentes visites de l'auteur de *Salammbo.*

Quand cette vieille amitié eut été brisée par la mort, alors surtout le survivant sentit quelle en était la puissance. *Flaubert* fut si sincèrement ému qu'il nous émeut à notre tour quand nous l'entendons raconter sa douleur. Il faillit s'évanouir en revoyant les clochers de *Mantes,* et l'image du mort le suivait comme une ombre : « Je suis poursuivi par son fan-

« tôme que je retrouve derrière chaque
« buisson du jardin, sur le divan de mon
« cabinet de travail et jusque dans mes
« vêtements, dans mes robes de chambre
« qu'il mettait. »

Mais *Flaubert* avait conservé de *Le Poittevin* le même poignant souvenir ; de son
côté, *Bouilhet,* au témoignage de son fils
adoptif, s'il éprouvait pour *Flaubert* une
admiration très dévouée, portait à son
ami *d'Osmoy* une affection au moins
égale. Ce qui distingue l'amitié de *Flaubert* et de *Bouilhet*, ce qui l'élève au-dessus des autres, c'est cette communauté
d'aspirations intellectuelles et cette pour-
suite incessante de la Beauté, au cours
de laquelle tour à tour l'élève devenait le
maître et le professeur d'hier l'écolier de

demain. Pendant les trente années qu'ils se sont connus, les oreilles de *Flaubert* ont éprouvé les rythmes du poète, et le sûr jugement de *Bouilhet* a émondé la prose luxuriante du romancier.

A ce point de vue, les services rendus à *Flaubert* par *Bouilhet* sont immenses. Il suffit d'en appeler au témoignage de *Maxime du Camp* et de *Flaubert* lui-même. Il n'est pas jusqu'au sujet de *Madame Bovary* dont *Bouilhet* n'ait eu la première idée en mettant sous les yeux de son ami un fait-divers de la vie régionale, « l'affaire Delamare », — et chaque page, chaque ligne du volume, furent soumises à *Bouilhet* qui incarnait le plus consciencieux comité de lecture.

Certes, la besogne n'était pas aisée de

19*

discipliner un géant impétueux comme
Flaubert... Quelquefois, sous l'aiguillon
d'une correction, il se dressait de toute
sa hauteur et lançait une réplique venge-
resse qui semblait devoir écraser le
critique. Mais celui-ci, « assez humble
« d'apparence, dit *du Camp*, ironique,
« humant sa prise de tabac », pliait le
dos sous l'attaque et ne reculait pas.
C'est que, selon la remarque de M. *Join-
Lambert*, l'enseignement était pour lui
presque une tradition de famille, et qu'auprès de ses élèves, le répétiteur avait
amassé des trésors personnels de patience.
— Il fut le modérateur d'une nature
intempérante qui, sans ses coupes sé-
vères, poussait trop en feuilles et aurait
noué moins de bourgeons.

Flaubert, mettant sous ses pieds tout faux amour-propre, a pleinement reconnu la part dans ses propres mérites qui revenait à son ami. « En perdant mon « pauvre *Bouilhet*, a-t-il écrit, j'ai perdu « mon accoucheur, celui qui voyait dans « ma pensée plus clairement que moi- « même. Sa mort m'a laissé un vide dont « je m'aperçois chaque jour davantage » ; et *du Camp* rapporte qu'il s'en allait répétant : « j'ai enterré ma conscience litté- « raire, mon cerveau et ma boussole ».

Une collaboration aussi étroite portait en elle-même une menace pour l'origina- lité de chacun des associés. *Flaubert* a prévu l'objection : « Il faut que tous deux « nous valions quelque chose, puisque « depuis sept ans que nous nous commu-

« niquons nos plans et nos phrases, nous
« avons gardé respectivement notre phy-
« sionomie individuelle ».

« Si l'influence de *Bouilhet* sur *Flau-*
« *bert* fut féconde, dit *Maxime du Camp*,
« la réciproque n'eut pas lieu. » Cette
assertion, trop absolue semble t-il, exige
un inventaire.

Pour tout ce qui concerne l'élévation
artistique, la perfection de la forme, le
culte désintéressé du Beau, comment
croire que l'amitié d'un maître comme
Flaubert ne fût pas un bienfait pour
Bouilhet ?

Les ratures de *Flaubert* sur le premier
manuscrit de *Maelenis* prouvent, au
contraire, que le prosateur savait faire

les corrections justes et les suppressions
nécessaires, quand sa paternité littéraire
ne l'abusait plus. L'intéressante étude de
M. *Join-Lambert* ne laisse aucun doute
sur ce point. ' *Flaubert* a supprimé les
notes trop savantes, les sommaires
spirituels avec effort, et bien des strophes
qui entravaient l'action, notamment tout
un discours du philosophe grec au
chant II. Il ne se cache pas de la part
qu'il a prise à la composition. « Je ne
« puis juger de sang-froid *Maelenis* qui a
« été faite sous mes yeux, à laquelle j'ai
« beaucoup contribué moi-même. Pen-
« dant trois ans ç'a été travaillé au coin
« de ma cheminée, strophe à strophe,
« vers à vers. Je crois qu'on peut dire
« que ça promet un poète de haute

« futaie. » (Lettre à *Louise Colet*, septembre 1851.)

Maelenis ne fut pas une exception. La
correspondance de *Flaubert* porte la
trace d'une collaboration assidue et
constante à l'œuvre de *Bouilhet*. Le
1ᵉʳ septembre 1856, au moment où celui-
ci compose une pièce intitulée *l'Aveu*, il
lui mande : « Voyons, viens passer quinze
« jours ici. Nous finirons *l'Aveu* et *Saint*
« *Antoine*. Il faut qu'il y ait de *l'Aveu*
« fabriqué à *Croisset*. Tu n'as pas une
« seule de tes œuvres un peu longues —
« *le Cœur à droite* excepté — qui n'ait
« passé par l'avenue des Tilleuls. Arrive !
« le pavillon au bord de l'eau t'attend et
« tu auras un jeune chat pour te tenir
« compagnie. »

Vivant constamment dans la société d'un homme qui écrivait avec une encre capiteuse, se grisait de verbes sonores et préparait pour *Salammbô* une joaillerie d'épithètes rares, *Bouilhet* devint, lui aussi, l'esclave païen de la forme. De simple forgeron, il s'éleva à être maître ferronnier et martela ses vers avec des raffinements d'artiste. L'esthétique de son ami réagit profondément sur la sienne ; la littérature descriptive et impersonnelle, le style ciselé juqu'à la volupté, les inspirations naturalistes, c'est l'évangile de *Flaubert* que les *Parnassiens* érigeront en dogmes, quand *Bouilhet* en aura fait une des premières applications poétiques.

> La strophe aux gracieux dessins,
> Où l'œil en vain cherche une faute,

N'est pas d'une valeur moins haute
Que la relique de nos saints.

(*Dernières Chansons. Imité du Chinois.*)

Le désintéressement du grand art détaché de toutes les utilités humaines; l'art, « finalité sans fin », voilà encore un thème souvent développé par *Flaubert* à *Bouilhet*.

Il faut rendre ce témoignage à *Flaubert*: il adore l'Art! il lui élève un monument majestueux, de proportions colossales. Son culte en est presque fanatique; il va jusqu'à l'immolation, jusqu'à l'absorption dans la Beauté... Le pauvre poète, son ami, toujours à court d'argent, retenu par sa timidité naturelle, violemment blâmé par sa famille, vingt fois défaille... Mais lui est là; il veille! Et le relevant d'un bras vigoureux, il vaticine : Celui qui s'est donné à l'Art ne se reprend pas ; tu seras artiste — et grand artiste — malgré toi !

Combien la correspondance de *Flaubert* avec *Bouilhet* en peine de se faire un nom à *Paris* est instructive à cet égard...
« Allons ! éveille-toi ! de par *l'Odyssée*,
« *Shakespeare* et *Rabelais,* je te rappelle
« à la conviction de ta valeur. Allons !
« mon pauvre vieux, mon roquentin, mon
« seul confident, mon seul ami, mon seul
« déversoir, reprends courage ! Aime *nous*
« mieux que cela. Tâche de traiter les
« hommes et la vie avec la maestria que
« tu as en traitant les idées et les phrases. »
(Mai 1855.)

Et ailleurs : « Tu n'as pas l'air gai,

« mon pauvre bonhomme. Tu as trop les
« pieds dans *Paris* pour n'en être pas
« dégoûté, et, d'autre part, tu n'y entres
« pas assez pour qu'il te plaise. Et puis,
« s. n. d. D.! que me chantes-tu avec des
« phrases pareilles : « Je m'effacerai ainsi
« du monde graduellement ». Tu es le
« seul mortel en qui j'aie foi et tu fais
« tout ce que tu peux pour me descel-
« ler du cœur cette pauvre niche de
« marbre, placée haut, où tu rayonnes ! »
(Juin 1855.)

Et ailleurs encore : « Sur la question
« de vivre, je te promets que Mme S...
« pourra très bien demander à l'empereur
« la place que tu voudras. Fais venir en
« tapinois les états de service de ton père.
« Nous verrons. On pourrait demander

« une pension, mais il te faudrait payer
« cela en cantates ou en épithalames...
« Non, non.

« En tout cas, ne retourne jamais en
« province. »

Et ainsi, dans une suite de lettres,
tantôt il le cravache et lui fait honte ;
tantôt il le berce d'un espoir ; tantôt,
suppliant, il se roule à ses pieds comme
une maîtresse, — jusqu'à ce qu'il ait
étouffé sa plainte.

Si donc *Bouilhet* a été la *conscience littéraire* de *Flaubert*, celui-ci lui a fait reprendre *moralement conscience* de sa valeur,
— et c'est un service qui vaut l'autre.

De ce que *Flaubert* a eu une bonne
influence sur le talent de *Bouilhet*, il ne

s'ensuit pas qu'il ait réagi favorablement sur son caractère. — A ce point de vue *Maxime du Camp* pourrait bien avoir raison.

Le réaliste peint les choses telles qu'elles sont, sans voiler leurs crudités, pourtant assez peu poétiques ; le pessimiste les voit pires que dans la réalité. Or l'auteur de *Madame Bovary* n'est pas qu'un réaliste, et son pessimisme — pour n'explorer que deux coins de son âme — éclate dans sa métaphysique et dans l'idée qu'il se fait de la femme. C'est ici qu'il est particulièrement curieux de voir *Bouilhet* nous renvoyer l'image de *Flaubert*, car *Dieu* et *l'Amour* étaient jusqu'alors les deux sources principales des inspirations poétiques.

Flaubert a écrit : « Nous ne savons
« presque rien et nous voudrions deviner
« le dernier mot de toute chose qui, sans
« doute, ne nous sera jamais révélé...
« On se paye de mots avec cette question
« d'immortalité, car la question est de
« savoir si le moi persiste. L'affirmation
« me paraît une outrecuidance de notre
« orgueil, une protestation de notre fai-
« blesse contre l'ordre éternel. *La mort*
« *n'a peut-être pas plus de secrets à nous*
« *révéler que la vie.* »

La doctrine de *Bouilhet* dans *les
Fossiles*, elle non plus, ne laisse place
pour la persistance de notre personnalité et l'action providentielle d'une
volonté transcendante. Pas plus que
l'homme d'aujourd'hui, le surhomme

20*

de demain ne connaîtra l'énigme du monde :

Vers le rayonnement des choses impossibles
Tu tendras comme nous des bras désespérés.
Ne nous méprise pas! Tu connaîtras toi-même,
Sous ce soleil plus large étalé dans tes cieux,
Ce qu'il faut de douleur pour crier un blasphème
Et ce qu'il faut d'amour pour pardonner aux
[dieux!

Les contemporains ne se méprirent. pas sur cette philosophie désenchantée, inspirée de *Flaubert.*

« *Du Camp* a déploré devant moi *les* « *Fossiles,* écrit l'auteur de *Salammbô.* Si « la fin eût été consolante, tu aurais été « un grand homme. Mais comme elle « était *amèrement sceptique,* tu n'as plus « été qu'un fantaisiste. Car l'écrivain a

« charge d'âmes... Qu'on me fabrique
« de la régénération sociale! etc., etc. »

Et *Flaubert* de se gausser. — Plongé
dans la contemplation de la nature, aper-
cevant les fils de tous les fantoches, il se
croirait bien ridicule s'il se trémoussait
avec *du Camp*. Puis, à quoi bon? dans
quel but? que savons-nous encore sur les
lois qui régissent nos actions? « La rage
« de conclure est une manie des plus
« funestes et des plus stériles. — Obser-
« vons d'abord! »

Pas un instant, *Bouilhet* et *Flaubert*
n'ont partagé cette opinion « que les
« sciences morales et les sciences de la na-
« ture sont deux ordres de connaissance
« différents, irréductibles l'un à l'autre,
« bien que solidaires ; que les vérités de

« l'ordre religieux et moral se connaissent
« par un acte subjectif de ce que *Pascal*
« nommait le cœur, alors que les phéno-
« mènes de la nature ne sont connus et
« mesurés que par l'observation et le calcul;
« qu'essayer d'établir par la foi religieuse
« la réalité d'un phénomène quelconque
« dont la science expérimentale reste
« juge, ou bien vouloir formuler par la
« voie objective de la science un juge-
« ment moral qui ressortit à la conscience
« subjective, ce sont deux empiétements
« et deux abus équivalents. » (*Essai d'une
philosophie de la religion*, par *Auguste
Sabatier.*)

« La manière dont parlent de Dieu
« toutes les religions est révoltante, con-
« tinue *Flaubert.* Toutes le traitent avec

« certitude, légèreté et familiarité... Les
« prêtres surtout, qui ont toujours ce mot-
« là à la bouche, m'agacent. C'est une
« espèce d'éternuement qui leur est habi-
« tuel ; la bonté de Dieu, la colère de
« Dieu, offenser Dieu : voilà leurs mots...
« C'est le considérer comme un homme
« et, qui pis est, comme un bourgeois. »
(Lettre à Mme *des Genettes*.)

Donc le prêtre « l'agace » ; il a hor-
reur du « genre pontifical » comme du
« genre chemisier » ; il se réjouira en
pensant qu'aucun ecclésiastique n'a pu
pénétrer chez *Bouilhet* mourant. La façon
dont il prononce le mot *ecclésiastique* est
longue de dédain et profonde d'antipathie.
La prêtrophobie est chez lui une forme de
la bourgeoisophobie, parce que le prêtre

n'est qu'un bourgeois en soutane, des plus guindés, à son avis, et des plus pédants.

Tranchons le mot : *Flaubert* est *hostile* aux croyances catholiques. Au lieu de détourner la tête, comme tant d'autres, il fait front, incapable de maîtriser ses nerfs.

Et cet énervement, causé par la soutane, ne laisse pas de troubler *Bouilhet* à son tour. A lui, si calme par nature, si hautain par philosophie, il échappe parfois un cri de colère que peut seule expliquer l'irritation communicative de *Flaubert*.

Vers le temps de *Festons et Astragales*, ce n'était encore que persiflages :

J'irai, prêtre docile à toute fantaisie,
Avec le gui de chêne ou la tiare d'or,

Du Teutatès de Gaule au Bhagavat d'Asie,
Des Cabires persans aux Dieux glacés du
[Nord.

(*Quand vous m'avez quitté.*)

Dans les *Dernières Chansons*, aussi
absolu que son ami, il confond « toutes
les religions » dans la même condamnation, et ne semble pas avoir aperçu
des progrès sensibles de l'une à l'autre
dans la représentation du divin. Ce nom
de « père », symbole nouveau que le
Christ vient de jeter comme un pont
entre le ciel et la terre, *Bouilhet* historien
ne l'a pas entendu. Avec la même
volupté, il livre aux injures du temps
tous les temples, ceux de la bonne
Déesse comme celui du Dieu-père,
— et s'il donne un signe de pitié,

dans *la Colombe*, c'est pour l'Olympe
païen :

Quand, chassés sans retour des *temples véné-*
                                    [*rables*,
.   .   .   .
Les *grands Olympiens* étaient si misérables
Que les petits enfants tiraient leur barbe d'or,

    Ce sont eux « les grands vaincus » !

Et sur les *grands vaincus* penchant son front,
                                    [fidèle,
Phœbé, froide comme eux, les regardait mourir.

    Dans *l'Abbaye*, il renouvelle son geste,
— qui cette fois, sans perdre de sa force,
a quelque chose de brutal :

    Assez de nuit et de mensonge !
    Assez de peuples à genoux !
    Deux mille ans... c'est trop pour un songe !
    Réveillons-nous, réveillons nous !

Rentrez en foule sous ces dalles
Pour ne plus jamais revenir,
Spectres de moines à sandales
Dont ne veut plus notre avenir!...

Jugement du christianisme un peu succinct, il faut l'avouer, prononcé en pleine exaltation poétique, sans autres documents que la vision falote de quelques *moines à sandales*. On a pu trouver le monument chrétien monstrueux ou sublime, on l'a considéré tour à tour comme le tombeau de la Beauté et comme le berceau surnaturel de la Bonté ; toujours faut-il, devant une masse aussi imposante, — récusant les évocations sentimentales, les vues fragmentaires, — élever sa pensée à la mesure des cathédrales. Le philosophe de *la*

Colombe, étant plus serein, avait plus de grandeur.

L'idée que *Flaubert* se fait de l'amour n'est pas plus généreuse que sa conception du Dieu chrétien. « Quant à l'amour, « je n'ai jamais trouvé dans ce suprême « bonheur que troubles, orages et déses « poir. La femme me paraît une chose « impossible ; je m'en suis écarté tou « jours le plus que j'ai pu ; je crois du « reste qu'une des causes de la faiblesse « morale du xixe siècle est la poétisation « exagérée de la femme... Il n'est pas un « écrivain qui n'ait exalté la mère, l'é « pouse ou l'amante. La génération en « dolorie larmoie sur les genoux des « femmes comme un enfant malade. On

« n'a pas l'idée de la lâcheté des hommes
« envers elles. » (Lettre à Mlle *de Chan-*
tepie.)

Et ailleurs : « Ah! l'amour ne m'ob-
« strue pas l'estomac ! »

Le 6 septembre 1850, il écrit à *Bouilhet :*
« Tu me demandes pourquoi tu es fidèle
« à ta Dulcinée; l'explication est facile :
« parce que tu ne l'étais pas aux autres.
« Mais pourquoi à celle-là plus qu'aux
« autres ? — C'est que celle-là est venue
« à l'époque où tu devais l'être. L'amour
« est un besoin, qu'on l'épanche dans un
« vase d'or ou dans un plat d'argile... Le
« hasard seul nous procure les récipients.»

Et le 1er juin 1856, alors que *Bouilhet*
est à *Paris*, il lui donne ce conseil : « Ta
« résolution de te passer d'actrices,

« lubriquement parlant, est d'un homme
« vertueux. Mais prends garde de tomber
« dans l'excès contraire, et *de te méfier de*
« *ton cœur.* »

Se méfier de son cœur, varier les Dul-
cinées, satisfaire un instinct, ouvrir et
fermer cavalièrement les portes du gyné-
cée : voilà tout ce que *Flaubert* voit dans
l'amour. N'est-ce pas d'un pessimiste et
d'un cynique ?

Rapprochez maintenant de la lettre à
Mlle *de Chantepie* sur « la lâcheté des
hommes envers les femmes » les vers
célèbres de *Bouilhet* dont toute langueur
lâche est, en effet, bannie :

Tu n'as jamais été, dans tes jours les plus rares,
Qu'un banal instrument sous mon archet vain-
[queur...

Et, comme un air qui sonne au bois creux des
[guitares,
J'ai fait chanter mon rêve au vide de ton cœur.

et mesurez encore une fois la parenté
intellectuelle que l'amitié avait établie
entre les deux écrivains.

Bien que les lettres de *Bouilhet* et les
souvenirs de *Philippe* nous dépeignent le
poète comme naturellement bon et affectueux, pas une douce figure de vierge
ou d'épouse, pas une tendresse féminine,
n'a passé dans son œuvre. Un noble
étalon y hennit superbement ; l'artiste
admire la beauté plastique, et il en
jouit, mais ne s'humanise pas au delà.

Après l'étreinte, la Nature le ressaisit
tout entier. Au lieu de se pelotonner sur
un souvenir comme un avare sur son

21*

trésor, il le dissipe dans les mille voix de
l'air. Pour tout dire, *il oublie* — et oublier,
est-ce aimer ?

Certe, ils n'ont pas compris tes musiques di-
[vines,
Eternelle Nature aux frémissantes voix,
Ceux qui ne vont pas seuls par les creuses
[ravines
Et rêvent d'une femme au bruit que font les
[bois.

(*J'aimai ; qui n'aima pas ?*)

Maxime du Camp observe avec raison :
« Les ardeurs de *Maelenis* ne sont pas
« plus de l'amour que la nymphomanie
« d'*Emma Bovary* ou les rêveries éro-
« tiques de *Salammbô*. »

Si maintenant, dans leurs longues
causeries de *Croisset*, délaissant la reli-

gion et l'amour, *Bouilhet* avait parlé à
Flaubert de ménager le sentiment de la
famille, de s'intéresser à la chose publi-
que, de se préoccuper du bien social, son
interlocuteur lui aurait répondu par un
haussement d'épaules à. décrocher les
étoiles.

C'est que *Flaubert*, si grand par le cerveau, s'est attiré ce jugement d'une mère
indulgente : « La rage des phrases t'a
« desséché le cœur ». Quant à *Bouilhet*, il
semble que le pessimisme sarcastique de
son ami ait fait tort sur ce point, sinon
à l'homme privé, du moins au poète.

Je reconnais d'ailleurs qu'il est très dé-
licat, dans ce patrimoine commun d'idées
et de jugements, de faire à chacun sa

part. Il y a beaucoup de *Flaubert* dans *Bouilhet*, beaucoup de *Bouilhet* dans *Flaubert*, — et aussi un peu de *Vigny*, un peu de *Leconte de Lisle* et beaucoup de *Gautier* dans *Flaubert* et *Bouilhet*.

Comment relever une trace de pessimisme sans penser à l'auteur de *la Mort du loup* ou de *la Maison du berger* ? — Pour *Vigny* aussi le ciel est vide :

Muet, aveugle et sourd au cri des créatures.

Pour lui, l'amour est trompeur et vain ; pour lui :

Gémir, pleurer, prier est également lâche.

C'est seulement sur le sentiment de la nature que les différences de conception se manifestent : pour *Vigny*, la nature n'est qu'une tombe glacée et pour

Bouilhet elle est une tombe, sans doute, mais réchauffée par l'haleine des incessantes germinations :

> Viens ! la Nature universelle
> Cache peut-être en ce tombeau
> Pour le soleil une étincelle,
> Pour la mer une goutte d'eau.

> (*Plaintes d'une momie.*)

Dans le courant qui s'établit entre les deux poètes, c'est évidemment *Vigny* qui fut le pôle positif, — *Maelenis* n'ayant été publiée qu'en 1852, cinq ans avant *Madame Bovary* que *Flaubert* gestait depuis 1850, tandis que *la Mort du loup* et *le Mont des oliviers* avaient paru dès 1843, dans la *Revue des Deux-Mondes*.

L'influence de *Leconte de Lisle* est également sensible sur *Bouilhet* et *Flaubert*.

Rappellerai-je les frappantes ressemblances entre les deux Normands et ce créole, plus qu'eux encore impassible et fastueux, détaché de la foule, jalousement impersonnel, plongé dans la contemplation de l'antiquité, irréconciliable adversaire du « vil galiléen » ?

Ici encore, la comparaison des dates explique et ordonne. C'est à *Leconte de Lisle* qu'appartient la houlette du pasteur, s'il fut l'aîné par sa naissance, en 1818, si les revues avaient publié les *Poèmes antiques* avant 1852, et si, dans la préface historique de ces poèmes réunis en volume, il a posé les principes de la nouvelle école.

Quant à *Gautier*, son influence est encore plus éclatante sur nos Normands avec lesquels il vécut dans un commerce familier. Exubérant, original, tout en boutades et en toquades qui saisissent, il avait pris aussitôt un ascendant considérable sur les deux « apprentis », de dix ans plus jeunes, qui étaient venus de province se chauffer à son étoile.

C'est vers 1848 que *Bouilhet*, piloté par *Flaubert*, se présenta chez *Gautier* pour la première fois. Le *bon Théo*, vêtu de couleurs voyantes à son ordinaire, mystérieux et théâtral, les arrêta au seuil de la porte, en exigeant le mot de passe. Les deux amis répondirent : « Victor Hugo ! » Alors, il leur ouvrit tout grand le logis : atelier, musée et bibliothèque, les promena dans la vibrante lumière de ses toiles espagnoles, sous le rayonnement bleu de ses vases de Chine, puis, les faisant asseoir, pendant que ses douze chats escaladaient familièrement son épaule, aussi tapageur que *Louis* était timide, il le lutina de ses espiègles paradoxes.

Bouilhet sortit de l'entretien un peu ahuri, mais ébloui... Désormais *Gautier*, les gens et les choses de chez *Gautier*, étaient mêlés à son existence. Nous les y retrouvons souvent.

Par exemple, si *Flaubert* lui écrit de *Croisset :* « Viens, le pavillon au bord de l'eau t'attend et tu auras un jeune chat pour te tenir compagnie », c'est que le chat, depuis *Gautier*, est un animal romantique...

S'il est pris d'une belle passion pour

le *chinois*, c'est qu'il a vécu de longues heures dans le musée exotique de *Gautier*, qu'il a causé souvent avec un mandarin, lequel instruit *Judith*, la fille du maître, dans la sagesse du Céleste Empire...

Théo, débordant d'encre et de vie, dictionnaire vivant d'adjectifs, dont l'œuvre remplirait trois cents volumes, a-t-on dit, est une réserve inépuisable de projets et de sujets. *Le Roi Candaule*, conte de *Gautier*, n'est-il pas aussi un poème de *Bouilhet* ? Si le premier écrit en 1858 *le Roman de la momie*, le second rime vers le même temps *les Plaintes d'une momie*. Il n'est pas jusqu'à ces doubles titres : *Emaux et Camées* (1852), *Festons et Astragales* (1858), qui ne se fassent écho dans la littérature.

Dira-t-on que l'influence sur *Bouilhet*
de *Gautier*, porte-étendard du romantisme, était contradictoire à celle de
Vigny ou de *Leconte de Lisle* ? — Sans
doute *Bouilhet*, comme *Gautier*, est un
poète de transition qui marque le passage
du romantisme au naturalisme. Des
éclats lyriques traversent son œuvre dont
nous nous sommes efforcés cependant de
mettre en relief l'impassibilité croissante.
Mais ne retrouvons-nous pas chez *Gautier*,
avant *Flaubert*, cet exclusivisme affectant
d'ignorer tout effort inspiré par une autre
passion que celle de l'art, cet enthousiasme pour le Beau élevé jusqu'au culte,
— un culte qui repousse tous les autres :

> Les dieux eux-mêmes meurent,
> Mais les vers souverains

Demeurent,
Plus forts que les airains.

Surtout, n'est-ce pas *Gautier* qui, réagissant contre la forme souvent lâche, le faire souvent hâtif, la rime souvent faible de grands *romantiques* comme *Lamartine* et *Musset*, a donné l'exemple de la plus consciencieuse application à sa tâche ? N'est-ce pas lui, artiste raffiné, patient ciseleur, l'écrivain le plus dur à lui-même, qui reprit pour son compte *l'Art poétique* du *classique* :

Cent fois sur le métier remettez votre ouvrage,
Polissez-le sans cesse et le repolissez.

M. *Brunetière* a pu dire que, « par ce souci de la forme, *Gautier*, comme *Vigny*, (à plus forte raison comme *Leconte de*

Lisle), contribua à débarrasser la poésie
de la fatigante obsession du moi », et l'é-
minent critique voit en eux des anneaux,
au métal différent sans doute, mais que
relie une même chaîne.

Plus ou moins bien défendus par leur
tempérament individuel, tous cependant,
les aînés comme les cadets, frémissaient
sous ce grand vent froid qui, depuis 1845,
soufflait de haut en bas, refoulant tant de
bras suppliants et de fronts romantiques
perdus dans les nuages. Il s'ensuivit dans
la littérature comme une concentration
des sèves dont *Bouilhet* est un curieux
exemple. Si les tiges devinrent plus
robustes, les hautes branches ne prirent
plus d'élan vers ce qu'on appela longtemps
« l'Idéal ».

LES SŒURS
DE LOUIS BOUILHET

MORT DU POÈTE.

Flaubert n'a pas laissé l'histoire littéraire ignorer que *Louis Bouilhet* avait
deux sœurs et lui a présenté d'elles une
image peu flattée. Permettons à *Bouilhet*
lui-même de corriger ce portrait, du
moins quant à la période qui s'étend
depuis 1822 jusqu'à 1845.

Louis, dans sa jeunesse, a beaucoup
aimé ses sœurs, « les plus charmantes,
« écrit-il en 1842, qu'il soit dans les
« choses possibles de posséder ». Elles
étaient deux : *Sidonie,* qui le suivait à
deux ans de distance, et *Esther*, beaucoup

plus jeune, pour laquelle son affection
de frère aîné remplaçait celle du père
absent.

Louis leur faisait une part dans ses
rêves de jeunesse. Sidonie tiendrait son
ménage de médecin rural ; Esther
serait « sa consolation ». Outre les vers
déjà cités, il leur a dédié plus d'une
strophe avant d'avoir relâché les liens de
la vie familiale, par exemple celle-ci,
dédiée à Sidonie Bouilhet, vers 1838:

J'ai déjà bien vieilli... j'ai peu vécu pourtant !
Et quoiqu'à l'âge encore où l'âme va rêvant
    Toute illusion m'abandonne.
J'ai voulu tout peser, et j'ai vu, chaque soir,
S'effeuiller à mes pieds une joie, un espoir,
    Une fleur de ma couronne.

Et voici trois autres stances détachées

d'une berceuse pour endormir la petite
Esther :

> Qu'un ange sur elle,
>   La nuit,
> Étende son aile
>   Sans bruit !
>
> Car il vient une heure,
>   Crois-moi,
> Où la nuit on pleure...
>   Mais toi,
>
> Dors joyeuse et pure,
>   Enfant,
> Car la vie est dure
>   Souvent.
>
> (*Rouen*, 16 décembre 1839.)

A l'époque de la mort du poète, il n'y
avait plus entre le frère et ses sœurs la
même étroite affection. *Louis* se plai-
gnait qu'en avançant en âge *Esther* et

Sidonie fussent devenues moins aimables. Confinées à *Cany*, vivant à l'étroit, ayant l'une et l'autre coiffé sainte Catherine, le monde supra-terrestre, où elles avaient placé leurs uniques adorations, leur apparaissait à ce point comme une réalité tangible qu'il ne leur entrait pas dans l'esprit que cette réalité ne fût pas sensible à tous les yeux.

Bien que l'histoire les ait confondues, il est juste — au témoignage de *Philippe* — de faire entre elles une différence. *Sidonie*, l'aînée, était plus sèche ; la nature n'avait pas favorisé ses formes lourdes et sans grâce. *Esther*, plutôt grande et mince, ne manquait pas d'expansion ni d'intelligence. *Bouilhet* assurait qu'il aurait pu se faire comprendre d'elle et la reconquérir toute à lui, si la cadette n'avait pas vécu complètement sous l'influence de *Sidonie*. Toutes deux, d'ailleurs, — sauf ces nuances, — pratiquaient la même religion un peu étroite et rigoriste, partageaient les idées de *Cany* sur l'impudicité de *Maelenis*, suivaient vis-à-vis de *Louis* — et de sa compagne — une ligne de conduite identique. Elles n'avaient jamais accepté la situation de *Léonie* chez leur frère, et se refusaient obstinément à la consacrer par leur présence dans le petit logis de la rue Bihorel. Il en était résulté qu'elles voyaient peu *Louis*, et que leurs relations avec lui, dans les dernières années, se bornaient à un échange de lettres, chaque samedi.

Leur parenté ne reprit un rôle actif qu'au chevet du poète mourant.

Tout ce que nous connaissions jusqu'alors de cette mort était emprunté à la version de *Flaubert*. Quant aux détails fournis par *Maxime du Camp* dans ses *Souvenirs*, ils sont décalqués sur une lettre que *Flaubert* lui adressa, le 18 juillet 1869, car *du Camp* était à cette époque absent de *Rouen*. Dans ses récits, *Flaubert* vante le désintéressement de *Léonie*, la fidèle amie de *Louis Bouilhet*, et de *Philippe*, son fils adoptif, refusant de régulariser *in extremis* une situation qui méritait un mariage, dans la crainte d'impressionner le malade, – et il lui oppose le prosélytisme cruel de *Sidonie* et d'*Esther Bouilhet*. C'était un contraste piquant et, en bon romantique, *Flaubert* ne pouvait manquer d'exalter la famille de la main gauche, délicatement tendre, aux dépens du fanatisme religieux où les parents du sang avaient perdu toute mansuétude.

« *Louis* expira sans douleur, écrit
« *Flaubert* dans la préface des *Dernières*
« *Chansons*, ayant auprès de lui une
« vieille amie de jeunesse avec un enfant
« qui n'était pas le sien, et qu'il chéris-
« sait comme un fils. Leur tendresse avait
« redoublé pendant les derniers jours.
« Mais deux autres personnes se mon-
« trèrent simplement atroces, — comme
« pour confirmer cette règle qui veut que
« les poètes trouvent dans leur famille
« les plus amers découragements, car les

« observations énervantes, les sarcasmes
« mielleux, l'outrage direct fait à la Muse,
« tout ce qui renfonce dans le désespoir,
« tout ce qui vous blesse au cœur, rien
« ne lui a manqué, — jusqu'à l'empiéte-
« ment sur la conscience, jusqu'au viol
« de l'agonie ! »

Auparavant, *Flaubert* avait écrit à *Maxime du Camp :* « Ses sœurs sont venues
« de *Cany* lui faire des scènes reli-
« gieuses et ont été tellement vio-
« lentes qu'elles ont scandalisé un brave
« chanoine de la cathédrale. Notre
« pauvre *Bouilhet* a été superbe : il les
« a envoyées promener. Quand je l'ai
« quitté pour la dernière fois, samedi, il
« avait un volume de *La Mettrie* sur sa
« table de nuit (ce qui m'a rappelé mon

« pauvre *Le Poittevin* lisant *Spinoza*).

« Aucun prêtre n'a mis le pied chez lui.

« La colère qu'il avait eue contre ses
« sœurs le soutenait encore samedi, et je
« suis parti pour *Paris* avec l'espoir qu'il
« vivrait encore longtemps. Le diman-
« che, à cinq heures, il a été pris de dé-
« lire, et s'est mis à faire tout haut le
« scénario d'un drame du moyen âge
« sur l'inquisition. Il m'appelait pour me
« le montrer et il en était enthousiasmé.
« Puis un tremblement l'a saisi ; il a
« balbutié : « Adieu ! adieu ! » en se four-
« rant la tête sous le menton de Léonie,
« et il est mort très doucement. »

Les souvenirs de *Philippe* nous permettent de préciser cette relation. Quand
Louis Bouilhet revint de *Vichy*, son état

s'était aggravé. Philippe fit prévenir
Mlles *Bouilhet* qui, pour ne pas se rencon-
trer avec *Léonie*, descendirent chez un
ami, M. *Galli*. Elles séjournèrent à *Rouen*
durant les huit jours qui s'écoulèrent
jusqu'à la mort de leur frère. Celui-ci
était loin de croire à l'imminence du
danger et, pendant les sept premiers
jours, sans lui dévoiler son état,
Mlles *Bouilhet* cherchèrent à provoquer
chez lui une réaction religieuse. Déso-
lées et perdant patience en voyant que
leurs efforts restaient sans résultat, elles
s'étaient rendues à l'archevêché pour
prendre conseil. Après qu'un bon chanoine les eut engagées à rester calmes
pour être persuasives, l'abbé *Loth*, voisin du poète, avait été délégué pour se

tenir à leur disposition. Celui-ci se présenta au domicile de *Bouilhet* où *Philippe* lui répondit qu'il le ferait prévenir si son père adoptif en manifestait le désir. L'abbé se retira sans avoir vu le malade.

Le samedi, l'état du poète avait empiré. Sa sœur *Sidonie* résolut de frapper un grand coup. Elle dit à *Louis* tout crûment que son état était désespéré et qu'il n'avait plus un moment à perdre pour éviter la damnation... A ces mots, *Bouilhet* se renversa sur son oreiller, livide de stupeur; puis, se reprenant, entra dans une violente colère, pendant que *Philippe* incontinent éconduisait les deux sœurs.

Elles n'assistèrent donc pas à la mort

23*

du poète, qui survint le dimanche soir, à cinq heures.

Le lendemain de l'événement, elles firent demander à *Philippe* si les obsèques seraient civiles. Celui-ci répondit que la pensée philosophique de *Louis Bouilhet* était éteinte, qu'il ne revendiquait aucun droit sur le résidu organique qui en subsistait ; qu'au surplus, il suivrait en ce point, comme sur tout autre, le sentiment du disparu, lequel était l'ennemi de toute manifestation tapageuse. — *Louis Bouilhet* fut donc enterré religieusement.

Il laissait par testament à *Philippe* et à *Léonie* sa modeste fortune et tous ses manuscrits. — *Sidonie Bouilhet* ne se consolait pas de voir passer entre des mains étrangères deux maisonnettes que son frère possédait à *Cany*. « Prenez les « bicoques! » dit *Philippe*.

Les entretiens que j'ai eus avec une confidente des demoiselles *Bouilhet* et le récit même qu'on vient de lire m'amènent à penser que *Flaubert*, emporté par ses propres sentiments, aurait pu manquer de mesure en interprétant le zèle religieux — certainement maladroit — des deux sœurs, aussi bien que le zèle à rebours du poète.

La vérité est que *Louis Bouilhet* s'illusionnait sur la gravité de son état, et qu'il est mort sans s'être vu mourir. — *Flaubert* et *Philippe* le reconnaissent formellement. *Louis* a bien refusé l'assistance

d'un prêtre quand ses sœurs la lui ont
proposée, mais il est certain aussi qu'elle
lui parut alors, comme à tant d'autres
moribonds, prématurée. Quand l'heure
ultime eut sonné, il n'eut point à opiner
parce que la mort fut foudroyante et ne
lui laissa pas le temps de l'agonie. S'il
avait conservé sa lucidité dans les affres
suprêmes, aurait-il cédé aux sollicita-
tions de ses sœurs, soit par un retour cons-
cient à ses premières croyances, soit par
lassitude physique, comme tant d'autres
encore, dans une demi-abdication de son
intelligence, — ou bien se serait-il affermi
avec *La Mettrie* dans une négation réflé-
chie, qui le sait ? Qui peut le savoir ?
Cette recherche offre-t-elle même un intérêt véritable ? — Les lueurs vacillantes

d'une étoile qui se débat contre l'aube sont les témoins infidèles de son éclat nocturne. Il en est ainsi de l'esprit humain à son déclin. Nul ne doit tirer argument d'une agonie pour l'exaltation de *l'homme* ou pour la confusion de *Dieu*, — et les termes intervertis ne seraient pas plus justes.

Quant à Mlles *Bouilhet*, si elles n'ont pas gardé assez de retenue dans leurs véhémentes exhortations, c'est par excès d'affection. Elles croyaient poursuivre — et nul ne peut départager ici les opinions divergentes — le bonheur éternel de leur frère. Sur des questions dont savants et philosophes ne parlent qu'en tremblant, les âmes croyantes ont souvent une assurance implacable. Non con-

tentes de posséder la vérité pour elles-
mêmes, elles veulent à tout prix, à toute
heure, fût-ce la dernière, convertir
autrui à leurs idées, — et les lois particu-
lières de chaque religion leur en font un
devoir. Sans prendre parti dans des questions étrangères à la critique littéraire,
reconnaissons que c'est le sort de toute
foi ardente de faire, dans des circonstances
différentes, mais pour les mêmes raisons,
des martyrs et des bourreaux. Si quelqu'un donc voulait prononcer ici une
condamnation, elle dépasserait la chétive
personnalité des demoiselles *Bouilhet*
pour atteindre le prosélytisme religieux s'exerçant au chevet des mou-
rants.

Ces deux bonnes filles ne parlaient pas

la même langue que leur frère. — Si elles
ont fait des fausses notes, doit-on les
accabler ? Ignorantes des problèmes que
pose l'accord de la Science avec la Foi,
elles suivaient leur religion tout droit,
comme elles marchaient dans les rues de
Cany, sans tourner la tête. Les onctions
d'un prêtre leur paraissaient indispensa-
bles au salut de leur frère, et celui-ci
vraiment bon et grand, surmontant un
mouvement d'impatience, était trop éclairé
de philosophie pour ne pas démêler ce
qu'avait de touchant, et non pas d'odieux,
leur insistance inquiète où tout intérêt
personnel était clairement étranger. J'a-
joute encore à leur décharge — en
tenant ce détail d'une de leurs amies —
qu'elles étaient au chevet de leur frère

mourant les fidéi-commissaires de la
dernière pensée maternelle.

Quand elles revinrent à *Cany*, les deux
pauvres âmes pleuraient à chaudes larmes,
— non pas tant sur la mort de leur frère
que sur son impénitence finale, - et bien
souvent, me dit-on, elles ont confié au ciel
les angoisses qui les torturaient. Espérons
qu'avant de mourir à leur tour, elles
ont agrandi les bras de leur Christ. —
En tout cas, ces sentiments sont abso-
lument respectables et devaient être
respectés.

Mlles *Bouilhet* prirent possession des
deux « bicoques » de *Cany*, et *Philippe*
conserva les manuscrits. — La précaution
de les lui avoir légués était prudente, je le
reconnais. *Sidonie* et *Esther Bouilhet*

avaient scrupule à toucher le fruit d'ouvrages qu'elles jugeaient malsains. Au-
raient-elles pour la même raison détruit
les manuscrits ? C'est possible, car elles
ont impitoyablement supprimé dans les
œuvres de leur père ou de leur frère tout
ce qui leur a paru sentir le fagot. Elles
étaient de celles qui voilent la nudité des
statues et font un *autodafé* des mauvaises
lectures. C'est ce que *Flaubert* appelait
« l'outrage direct fait à la Muse ». La Muse
était une sainte dont Mlles *Bouilhet*
n'avaient pas trouvé l'office dans leur
paroissien.

De tels scrupules auraient eu pour les
Lettres des conséquences déplorables, si
parmi les œuvres posthumes du poète, ni
l'Abbaye ni *la Colombe* n'étaient parve-

nues jusqu'à nous. Mais encore étaient-
ils honorables dans leur source, et l'histoire
ne serait ni juste ni généreuse, elle·
commettrait une faute d'intelligence et
de cœur, si elle laissait la mémoire de
ces deux pauvres filles appesantie sous
la botte du grand *Flaubert*, dressé dans
la pose d'*Hercule* écrasant l'hydre cléri-
cale.

LOUIS BOUILHET

ET LA NORMANDIE

A la fin de cette étude, une question se
pose de quelque intérêt pour le patrio-
tisme local : le poète était-il *Normand* ?
était-il *Gascon* ?

Gascon, son nom qui se prononce
là-bas avec deux *t* ; *gascon*, son aïeul maternel, *Pierre Hourcastremé* ; *gascon*, son
grand-père paternel, *Jean Bouilhet* de
Nogaro ; *gascon* peut-être, un certain ron-
flement de ses mètres et un peu de grandi-
loquence dans ses apostrophes aux dieux .
Pas un *Normand* parmi ses ascendants,
si ce n'est la Cauchoise *Rose Patrix*,

24*

épouse d'*Hourcastremé*. Quant à son
œuvre, on ne peut pas dire qu'elle se rat-
tache au crû normand ; son inspiration
n'a jamais puisé dans l'histoire ni dans les
paysages de notre province si l'on excepte
Lied normand qui n'a de normand que
le titre), et pas un de ses vers ne respire
l'amour du terroir natal.

Mais *Bouilhet* est *Normand* par sa naissance sur le plateau de Caux. Il est Normand par son éducation à *Ingouville,* puis
à *Rouen.*

S'il n'a pas chanté « la ville aux cent
clochers carillonnant dans l'air », du
moins il en était fier ; en vrai poète, il sentait l'âme de la vieille cité gothique. Nous
le savons par *Flaubert,* — ce barbare ! —
qui lui en fait presque un reproche : « Quel

« aspect que celui de *Rouen !* Est-ce mas-
« toc ? est-ce embêtant ? Hier, au soleil
« couchant, l'ennui suintait des murs
« d'une façon subtile et fantastique à vous
« asphyxier sur place... *Je t'étonne, et tu*
« *trouves qu'à propos de Rouen, par*
« *exemple, je manque tout à fait de sensi-*
« *bilité...* » *Bouilhet* n'a jamais renié la
province ; il a essayé de vivre à *Paris* et il
ne l'a pas pu. Mais, retenu en vue de la
capitale par ses courses dans les théâtres,
il s'est réfugié à *Mantes*, près de la frontière
normande, et parce que, nous dit *Philippe*,
il n'avait pas trouvé à *Vernon* de logement
qui lui convînt.

Bouilhet est *Normand* enfin par sa
« famille littéraire », par *Flaubert*, par
Maupassant. Nous avons donc bien le

droit de considérer comme un des nôtres
celui dont le vers lapidaire a quelque
chose de cornélien.

Normand, fils de *Normands* prati-
quants, j'ai été soutenu dans cette étude
par la pensée que la Normandie devait
défendre jalousement le patrimoine d'il-
lustration de ses meilleurs enfants.
Quand *Louis Bouilhet* mourut, en 1869,
bibliothécaire de la ville de Rouen,
mon grand-père, *M. Edouard Frère*, lui
succéda dans ces studieuses fonctions.
L'usage imposant souvent de prononcer
l'éloge de son prédécesseur, le petit-fils
d'*Edouard Frère* pouvait presque considérer comme dette de famille un hommage
à la mémoire de *Louis Bouilhet*.

Les *Rouennais* entre tous sont obligés

envers lui à une piété particulière, s'il est vrai que le séjour de leur ville ait nui à la gloire du dramaturge — Une telle accusation paraît plus cuisante venant d'un compatriote, *Guy de Maupassant.* « *Louis Bouilhet,* écrit-il, fixé à *Paris* et « devenu *Parisien* jusqu'au bout des « ongles, eût secoué je ne sais quel embar- « ras, je ne sais quelle gaucherie, je ne « sais quelle pompe de convention qui « se devine dans son théâtre. »

Embarras, gaucherie, pompe... le portrait du Rouennais est achevé !

Nous sommes bien avertis, ce me semble, et si quelqu'un d'entre nous avait pensé ne pas être un lourdaud, le voilà déconfit. — On n'est jamais trahi que par les siens.

Pauvre *Rouen !* Il n'est pas certain cependant qu'il ait toujours reconnu son sang dans *Bouilhet*, pas plus dans cette « pompe conventionnelle », dont *Maupassant* sourit, que dans le cortège de ces mâles alexandrins admirés par tous les artistes.

Le culte des *Rouennais* pour *Bouilhet* paraît, en effet, avoir éprouvé bien des vicissitudes.

En 1856, la gloire était venue ! Soixante et dix convives, ce que la *Normandie* compte de plus lettré, se sont réunis autour d'un banquet pour fêter l'auteur acclamé de *Madame de Montarcy*, — et dans le pêle-mêle des vieux papiers, je retrouve le toast de ʼM. *Clogenson*, conseiller à la cour de *Rouen*, qui cachait

les lauriers d'*Apollon* sous la toque de
Thémis.

Le Banquet des septante.

(*Paris*, 16 novembre 1856.)

Autour de toi sont réunis
Tous amis vrais de l'art d'écrire.
Mon Dieu ! qu'il est doux de leur dire :
Vive *Bouilhet* et ses amis !

Doctes amis, peintres, poètes,
Légistes, médecins, sculpteurs...
Comptons bien : soixante et dix têtes,
Comptons mieux : soixante et dix cœurs.

Ma vieille Muse est sans manège ;
Tu l'embrasseras sans façons ;
C'est une simple perce-neige
Qui te sourit sous des glaçons.

Après *Hélène Peyron*, l'admiration de
nos concitoyens devint délirante, si l'on

en croit *Flaubert* qui écrit : « Pendant
« quelques annés ce fut une scie de la
« presse parisienne de se moquer de
« l'enthousiasme des *Rouennais* pour
« *Bouilhet*. Le *Charivari* publia une
« caricature où *Hélène Peyron* recevait
« les hommages des *Rouennais* lui appor-
« tant du sucre de pomme et des chemi-
« nots. »

A la mort de *Bouilhet*, cette admiration avait bien décru, puisque le conseil
municipal se faisait tirer l'oreille pour
élever au poète ce monument où l'esprit
pratique de nos édiles se console du buste
par la fontaine.

L'année 1883 marqua un regain de
ferveur et, sur l'initiative du journal *le
Rabelais*, un comité par souscriptions,

dont *Rouen* fournit une large part, éle-
vait le marbre de *Cany*.

C'était beaucoup pour la haute *Normandie* qui ne prodigue pas l'encens à
ses grands hommes, où *Fontenelle, Géri-
cault, Saint-Amant*, l'explorateur *Cavelier
de la Salle*, et, plus près de nous, l'exquis
dessinateur *Hyacinthe Langlois*, attendent
encore leur monument.

L'incident du buste au conseil municipal et la lettre virulente de *Croisset*
eurent du moins l'avantage de faire éclater à tous les yeux l'admiration jalouse de
Flaubert pour son ami. Son instinct de
conservation littéraire n'eût pas sans
doute porté des coups plus rudes s'il se
fût agi de lui-même. C'est qu'il sentait bien
à quel degré *Bouilhet* était mêlé à sa vie

privée par tant de camaraderies ou de confidences — et plus encore combien avait eu part à l'œuvre de chacun la plus éclairée des collaborations anonymes.

S'il était encore de ce monde, comme il bataillerait contre les injustes oublis, les dédains stupides ! — Mais, avant de disparaître, il a pris soin d'avertir l'histoire — et celle-ci n'a plus le droit de l'ignorer — qu'il se rendait inséparable de *Louis* dans la bonne et la mauvaise fortune. Le prosateur ne veut pas entrer dans l'immortalité sans le poète.

Si l'on pouvait hésiter, vers 1865, sur le point de savoir lequel y conduirait l'autre, l'événement prouve tous les jours que c'est *Flaubert* qui prendra *Bouilhet* par la main. Demain, ceux qui lisent iront à *Bouilhet* comme à « l'ami de *Flau-bert* », — ainsi l'on cite *La Boétie* pour être le frère de *Montaigne*, — mais dès qu'ils l'auront connu, ils le goûteront pour lui-même.

Avant-hier, on érigeait en reliquaire le pavillon de *Croisset;* hier, c'est le *Flaubert* de *Bernstamm* qu'on a dressé sur un socle afin qu'il puisse lorgner à son aise les gens peu rancuniers dont il disait en 1852 : « J'ai fait une débauche vendredi « dernier : j'ai été au concert entendre « Alard, le violoniste, et j'en ai vu là des « balles ! — C'était la haute société... « quelles têtes que celles de mes com- « patriotes ! » L'auteur de *Salammbô* monte dans la gloire ; il devient prophète même en son pays.

Auprès du maître légendaire, à l'enco-
lure d'athlète, qui, debout sur son balcon
de *Croisset*, éprouvait dans la brise fluviale
l'euphonie des verbes, — tels ses ancêtres
avaient des mots sacrés pour apaiser
les eaux, — rappelons toujours la frater-
nité de plume d'un autre viking qui portait aussi moustaches tombantes et cheveux longs sur de hautes épaules, et qui
— à *Rouen*, à *Paris*, à *Mantes*, fidèle aux
mêmes ondes — forgeait ses vers sur
un galet de *Seine*, d'un geste grave et
fort.

Nous pouvons nous en rapporter au
goût de *Flaubert* pour l'admiration que
nous devons à *Bouilhet*, et nous sommes
assurés que rien ne peut être plus agréable à la mémoire de l'auteur de *Salammbô*

que d'associer à ses honneurs posthumes celui qui fut son confident, sa conscience, et peut-être la moitié de son génie.

Janvier 1905-mars 1907.

PIÈCES ANNEXÉES

DOCUMENTS GÉNÉALOGIQUES

GÉNÉALOGIE DE LA FAMILLE BOUILHET

François Bouilhet, Maître chirurgien à Nogaro, et Marie-Anne Guillod

- Bouilhet, chirurgien à Nogaro
- Bouilhet, chirurgien à Nogaro
- Jean Bouilhet, directeur des hôpitaux militaires Nogaro 1762-Eccloo 1810 et Marie-Anne Bailly
  - Quatre filles
  - Prospère Bouilhet épouse M. Gobaut
    - Alexandrine
    - Adèle
    - Émilie
  - Jean-Nicolas Bouilhet, directeur des hôpitaux militaires Ermenonville 1787-Cany 1832 et Clarisse Hourcastremé Graville 1797-Cany 1867
    - Louis Bouilhet Cany 1821-Rouen 1869
    - Sidonie Bouilhet Cany 1823-Cany 1884
    - Esther Bouilhet Cany 1830-Cany 1901
  - Adolphe Bouilhet, émigré à La Martinique

PIÈCES ANNEXÉES

DOCUMENTS GÉNÉALOGIQUES.

Acte de mariage de l'aïeul paternel de L. Bouilhet.

Extrait du registre des actes de mariage, paroisse de *Montmartre.* .

Le lundi 7 février 1785, après la publication de trois bans faite en cette paroisse les 17, 24 et 31 octobre derniers, et la publication d'un ban dans la paroisse d'*Ermenonville*, diocèse de *Senlis* ; vu la dispense des deux autres bans accordée par Mgr l'évêque de *Senlis*, en date du 2 octobre 1784, signée *d'Etrossy*. vicaire général, et plus bas *Genty*, dûment contrôlé et

infinisé le 2 novembre, même année, signé
Louis Duport ;

Vu aussi le consentement du sieur *Nicolas
Bailly* et *Marie Martin,* son épouse, passé devant
le notaire royal au bailliage provincial de *Senlis,*
en présence des témoins soussignés, en date du
1er novembre 1784, par lequel ils donnent leur
plein et entier consentement à MARIE-ANNE
BAILLY, leur fille mineure, d'épouser *Jean
Bouilhet,* dûment contrôlé et légalisé le 2 novembre dernier, le tout signé avec paraphe ;

Vu les cérémonies des fiançailles du jour
d'hier, de leur mutuel consentement ont reçu la
bénédiction nuptiale de nous, soussigné, prêtre,
vicaire de cette paroisse, et ont été mariés : JEAN
BOUILHET, fils majeur de feu *François Bouilhet,*
maître chirurgien, et de *Marie-Anne Guilhod,* ses
père et mère, d'une part, et *Marie-Anne Bailly,*
fille mineure de *Nicolas Bailly,* cocher de *M. le
marquis de Girardin,* et de *Marie Martin,* ses père
et mère, demeurant de droit paroisse de *Saint-
Martin d'Ermenonville,* diocèse de *Senlis,* et de
fait, ainsi que l'époux, rue *Blanche* de cette
paroisse, libres d'ailleurs de leur personne et

habiles à contracter le présent mariage, fait et célébré en présence, de l'avis et du consentement, savoir :

Du côté de l'époux : de *Jacques Lefebvre*, chirugien de *Paris*, et de *Vincent Janin*, aussi bourgeois de *Paris*, demeurant tous deux rue Neuve et paroisse *Saint-Roch*, amis ;

Et du côté de l'épouse : de *Pierre-René Gromed*, porte-verge de cette paroisse, y demeurant en ce lieu et paroisse, et de *Joseph Broc*, bourgeois de *Paris*, demeurant rue *Grange-Batelière*, paroisse *Saint-Eustache*, lesquels tous présents, témoins, nous certifient de la liberté, habilité, domicile et catholicité des parties contractantes, ensemble de la vérité contenue au présent acte dont lecture leur a été faite ;

Et ont signé au registre : *Bouilhet, Bailly, Janin, Lefebvre, Broc, Gromed*, et *Rebin*, vicaire de ladite paroisse.

Acte de décès de l'aïeul paternel de L. Bouilhet.

(Au nombre des pièces étant dans les dépôts du greffe de la Cour des comptes, à l'appui du compte rendu par le payeur général des dépenses de la guerre pour l'année 1810 (six premiers mois, chapitre XIV, liasse 444), on trouve un acte de décès au nom de *Jean Bouilhet*, dont la teneur suit.)

Extrait du registre aux actes de décès de la ville d'*Eccloo*, quatrième arrondissement du département de l'*Escaut*, on trouve ce qui suit :

L'an 1810, le 18 février, à 10 heures du matin, par-devant nous, maire et officier public de l'état civil d'*Eccloo*, sont comparus les sieurs *Nicolas Gillet*, âgé de trente-cinq ans, employé à l'hôpital militaire de cette ville, et *Deveau Edouard*, âgé de vingt-deux ans, employé audit hôpital, lesquels nous ont déclaré que le sieur JEAN BOUILHET, âgé de 48 ans, né à *Nogaro*, département du Gers, époux de *Marie-Anne Bailly*, économe dudit hôpital, fils de *François Bouilhet* et de *Jeanne Guilhod*, est décédé hier, à 1 heure après-midi, dans le bâtiment dudit hôpital, et ont signé après lecture.

Pour extrait conforme au registre délivré par nous, maire de la ville d'*Eccloo*, le 2 avril 1810.

Vanzele.

Collationné, certifié conforme, et délivré par nous, greffier en chef de la Cour des comptes, soussigné, sur la demande de Mme Vve Bouilhet.

Paris, le 19 mai 1819.

P<small>AJOT</small>.

Acte de baptême du père de Louis Bouilhet.

Extrait du registre des actes de naissance, mariage et décès de la commune d'*Ermenonville*, pendant l'année 1787.

L'an mil sept cent quatre-vingt-sept, le trois du mois de mars, est né à onze heures du matin et le même jour a été baptisé par moi, curé soussigné, J<small>EAN</small>-N<small>ICOLAS</small>, fils du légitime mariage de *Jean Bouilhet*, bourgeois de *Paris*, y demeurant, rue et paroisse de la Madeleine, et de *Marie-Anne Bailly*, son épouse. — Le parrain a été *Nicolas Bailly*, père de l'épouse, cocher de *M. le marquis de Girardin;* la marraine, *Marie Martin*, aussi mère de l'épouse, demeurant à *Ermenonville*, lesquels ont signé avec nous ledit acte.

Signé au registre : *Bailly*, *Marie Martin*, et *Gaucher*, curé.

Pour extrait conforme au registre étant au greffe du tribunal de 1re instance, séant à *Senlis*, département de l'*Oise*, délivré par un greffier dudit tribunal, soussigné.

Senlis, le 24 mars 1815.

MAUPIN.

Acte de naissance de Opportune-Clarisse Hourcas-tremé, mère du poëte.
12 fructidor an V (29 août 1797).

Du registre des naissances de la commune de *Graville*, département de la *Seine-Inférieure*, arrondissement communal du *Havre*, canton d'*Ingouville*, pour l'an cinq de la République, a été extrait ce qui suit :

Devant moi, *Pierre-Nicolas Guérard*, agent municipal de la commune de Graville, cejour-d'hui 13 fructidor, vers onze heures du matin, s'est présenté le citoyen *Pierre Hourcastremé*, homme de loi, domicilié en cette commune,

26*

lequel était assisté des citoyennes *Angélique-Madeleine Chambrelan*, épouse de *Jean-Baptiste Lacüt*, négociant, et *Félicité de Lanney*, épouse de *Marius Hébert*, domiciliées en la commune du *Havre*, âgées chacune de plus de vingt et un ans, lesquelles nous ont déclaré que *Marie-Rose Patrix*, épouse légitime du citoyen *Pierre Hourcastremé*, sus-nommé, est accouchée d'hier, à sept heures du soir, en son domicile, d'un enfant femelle, auquel il a été donné le prénom d'*Opportune*, dont acte et signatures.

Pour extrait conforme au registre, délivré par nous, maire de Graville, le 4 avril 1821.

COQUELIN.

Acte de mariage des père et mère de L. Bouilhet.

Sous la protection de Dieu, projet de mariage a été conclu ce jour entre le sieur JEAN-NICOLAS-HIPPOLYTE BOUILHET, ex-directeur principal des hôpitaux militaires, fils de feu *Jean Bouilhet*, ex-administrateur des dits hôpitaux, et de *dame Marie-Anne Bailly*, sa mère, auquel elle a transmis son consentement par procuration donnée à *Paris*, le 3 août 1819, devant maître *Tampé* et son collègue, notaires, et dûment enregistrée le même jour ; le dit sieur *Bouilhet* assisté des amis communs qui ont signé au présent acte ; Et demoiselle OPPORTUNE-CLARISSE HOURCAS-TREMÉ, fille majeure, autorisée par la présence de ses père et mère, *Pierre Hourcastremé,* ancien avocat au Parlement, et *Anne-Rose Patrix,* son épouse, lesquels se sont réciproquement promis de faire célébrer leur mariage devant l'autorité civile et devant l'Église catholique, apostolique et romaine, à la première réquisition de l'une des deux parties.

Et, à l'appui de ce projet, il a été convenu ce qui suit :

(Suivent les conventions : Mlle Hourcastremé apporte un trousseau estimé 3 307 francs ; il est convenu « que les deux époux habiteront provisoirement le même domicile que les père et mère de la fiancée, pour y avoir la même table, sans contribuer aux frais qu'elle occasionnera, sous l'obligation néanmoins que la future dame *Bouilhet* continuera à s'occuper des soins que le pensionnat de jeunes demoiselles, tenu par elle et sa sœur jusqu'ici, exige pour l'instruction ».)

Les présentes conventions, provisoirement faites par les parties contractantes sous signature privée, seront converties en acte public au moment où l'une et l'autre le jugera convenable, sous toutes réserves de .droit.

Fait double : l'une des copies écrite de la main du sieur *Bouilhet* et l'autre de celle du sieur *Hourcastremé*.

Cany, 12 août 1819.

Signatures :

Bouilhet, Opportune-Clarisse Hourcastremé, Hourcastremé, Pessey, femme Pessey, Bessin, E. Mouillard, femme Hourcastremé, Zélie Hourcastremé.

TABLE DES MATIÈRES

Poitiers. — Société française d'Imprimerie et de Librairie.

www.ingramcontent.com/pod-product-compliance
Lightning Source LLC
Chambersburg PA
CBHW071857020726
47502CB00003B/791